호호브로

탐라생활

호호브로

탐라생활

한민경

판미동

개와 함께 성장한 시간의 기록

어릴 때부터 성인이 된 지금까지 늘 개와 함께 지냈습니다. 그런 이
유로 그 누구보다 개에 대해 잘 안다고 자부하던 날들이 있었습니다.
하지만 제주도로 내려와 호이를 키우게 되면서 저는 그 누구보다 개에
대해 모르는 것이 많다는 걸 알게 되었습니다.

그동안 제가 키웠다고 생각했던 개들은 사실, 개를 싫어한다고 말씀
하시면서도 키우는 동안만큼은 책임감 있게 돌봐 주신 어머니 덕분이
었음을 고백합니다. 출근하기 전에 산책 한 번 하고 퇴근해서 쓰다듬고
끌어안고 자는 것으로 반려견에게 사랑을 다 줬다 생각한 날들이 저에

5

게도 있었습니다.

혼자 살면서 개를 키우는 일은 무척 힘이 듭니다. 대부분의 시간을 회사에서 보내야 한다면 반려동물을 키우라고 권하고 싶지 않습니다. 개를 키우는 것은 많은 품이 들어가는 일입니다. 매일 산책해야 하고, 아침, 저녁 끼니를 챙겨 줘야 하며, 아프면 돌봐 주어야 합니다. 호이처럼 조금 특별한 성격이라면 그 수고로움은 배가 됩니다. 그럼에도 불구하고 저는 개와 함께 삽니다. 개를 언제부터, 왜 좋아하게 되었느냐고 물으신다면 대답하는 데 시간이 좀 걸릴지 모르겠지만, 이것만은 확실히 말할 수 있습니다. 개와 함께하는 모든 순간들이 '나쁜 것'보다 '좋은 것'이 많았다고.

집에 오면 힘껏 꼬리 치며 반겨 주는 개를 보며 나로 인해 매일매일 이토록 기뻐하는 존재가 있다는 사실을 깨닫게 됩니다. 개들과 함께 산책을 하면서 자연과 동물이 주는 벅찬 행복도 느낍니다. 아는 이 하나 없이 온 제주도에서 살기 시작한 저에게 호이와 호삼이는 소중한 가족이 되어 주었습니다. 제주에 뿌리를 내릴 수 있게 해 준 셈이죠. 이처럼 동물은 사람에게 든든한 버팀목이 되기도 합니다.

제주도는 개들이 살기 좋은 곳입니다. 가까운 곳에 바다와 숲이 있고, 함께 걷기 좋은 산책로가 있습니다. 그러나 그런 것만이 개들이 살기 좋은 환경의 전부가 아닙니다. 개들은 주인과 함께 바다에 가고, 산책을 하고, 숲을 거니는 걸 좋아할 것입니다. 개와 함께 산다면 개들과 많은 시간을 보내 주세요.

이 책은 개를 잘 안다고 생각하면서 정작 개에 대해 잘 몰랐던 제가, 함께 사는 친구와 다양한 사람들의 도움을 받으며 성장한 시간의 기록입니다.

여전히 부족하고, 모르는 것 투성이지만, 제가 호이와 호삼이를 만나 행복하듯 호이와 호삼이 또한 저로 인해 행복하기를 바랍니다. 그리고 이 책을 통해 무는 개와 함께 사는 것, 길을 잃은 유기견과 함께 사는 것, 버려진 개를 구조하는 것이 먼 이야기가 아닌 당신에게도 언제든 일어날 수 있는 일임을, 그리고 그것이 어려운 일이 아님을, 동물을 사랑하는 방법에는 생각보다 다양한 방법이 있다는 것을 알게 되는 시간이 된다면 좋겠습니다.

2019년 3월

한민경

둘이 합쳐 호호브로

운명을 바꾼 개 김신

알고 보니
무는 개
호이

이름 **호이**
성별 ♂
고향 **충청도**
출생 **2013년 3월 15일**

좋아하는 것

하루 열 번 먹어도 맛있는 사료,
오조포구 산책, 드라이브할 때 창밖 보기,
숨이 턱까지 차오를 때까지 하는 공놀이,
엄마랑 힘 겨루며 하는 터그 놀이,
엄마 몰래 쓰레기통 뒤지기,
옆집 할머니 밭 음식물쓰레기 먹기

싫어하는 것

다른 견주와 함께 있는 개,
엉덩이 만지는 것, 천둥소리,
불꽃놀이 소리, 산책 후 발 닦기,
동물병원 가기

© 박두산

제주에서 한번
살아 보는 건 어떨까?

    나는 서울에서 10년간 카피라이터 생활을 했다. 오랫동안 꿈꿔 왔던 직업이었고 그만큼 만족도도 높았다. 별일이 없다면 나의 직업은 그것 하나로 족하다고 생각했다. 회사원이라면 늘 입 밖에 달고 있는 "아, 회사 가기 싫다."라는 말도 하지 않았다. 아침에 눈을 뜨면 당연히 회사에 가야 한다고 생각했을 정도로 나는 '회사 맞춤형 인간'이었다. 화려하고 번화한, 불이 꺼지지 않는 서울 도심은 나에게 안정감을 주었다. 쇼핑은 즐거웠고, 손만 뻗으면 닿을 거리에 있는 문화생활은 만족감을 주었다. 나에게 도시의 삶은 너무나도 당연한 것이었다.

    광고대행사다 보니 야근이 잦았다. 종종 주말에도 회사를 갔다. 그

런 긴 이 일을 하면서 비일비재하게 일어나는 일이라 바꿔 보고 싶다
는 생각도 들지 않았다. 여느 회사원처럼 여름 휴가철에는 해외여행을
떠났고, 주말을 이용해서 국내를 여행했다. 여행지 중에는 제주도도 있
었다. 나는 제주도의 농가주택을 개조해서 게스트하우스로 만든 곳에
서 하루 묵기도 했다. 그때는 그런 게스트하우스가 흔치 않을 때라 묵
을 때도 좋았고, 서울로 돌아와서도 그곳이 가끔 떠올랐다. 그러다 나
도 모르게 게스트하우스에서 운영하는 블로그에 들어가 그곳의 삶을
들여다보면서 '와, 나도 이렇게 살고 싶다.'라고 생각하곤 했다.

그러던 어느 날이었다. 직원들과 함께 점심메뉴로 김치찌개를 먹기
로 하고 회사를 나서는 길이었다. 7월의 한낮이었고, 도로공사 중이라
철판을 깔아 둔 탓에 지열이 대단했다. 그때 불현듯 떠오르는 생각이
있었다.

"나 왜 이러고 살고 있지?"

한순간 모든 것이 귀찮고 허무해졌다.

그 길로 회사로 돌아와 다시금 그 게스트하우스의 블로그를 열었다.

"나도 이렇게 살면 되지."

마음을 먹는 데는 그리 오랜 시간이 걸리지 않았다. 너무나 갑작스러
운 깨달음이었지만, 어쩌면 나도 모르는 새 조금씩 지쳤는지 모른다.

나는 내 결심을 실행으로 옮겼다. 반년 후, 나는 회사를 그만두었고,

제주도에 집을 샀고, 공사를 시작함과 동시에 제주도로 이주했다. 제주에서 나는 나만의 게스트하우스를 완성했다. 블로그로 엿보며 꿈만 꿔오던 게스트하우스의 주인장이 된 것이다.

비글 한 마리
키우실래요?

서울에서 회사만 다니던 내가 하나부터 열까지 혼자 꾸려야 하는 자영업자가 되니 하루하루 정신이 없었다. 게스트하우스를 여니 알리지도 않았는데도 신기하게 하루하루 손님들이 찾아와서 더욱 분주했다.

그렇게 11월을 맞고 있던 어느 날이었다.

게스트하우스와 관련한 인터뷰를 하고 싶다며 하룻밤 재워 달라는 이가 있었다. 다른 게스트하우스 스태프였어서 초면은 아니었다. 그는 제주도를 한 바퀴 돌며 게스트하우스와 관련한 책을 쓸 계획이라고 했다. 문득 제주도 게스트하우스를 돌면서 글을 쓰려면 베이스캠프가 되어 주는 숙소가 있다면 좋지 않을까 싶었다. 나는 책을 쓰는 동안 슬로우트립에서 지내는 것이 어떻겠느냐고 제안했다. 그렇게 우리들의 합숙생활이 시작되었고, 3개월이면 끝날 줄 알았던 생활은 2년 반 동안 이어졌다. 그는 슬로우트립을 이끈 전설의 스태프가 되었고, 더 나아가 『히끄네 집』의 저자 이신아, 아니 그 유명한 '히끄아범'이 된다.

"한 카피님, 비글 한 마리 키우실래요?" 신아가 비글을 키워 보지 않겠느냐고 권했다.

사실 이 제안은 처음이 아니었다. 히끄아범, 아니 당시 다른 게스트하우스의 스태프였던 신아는 예전에도 게스트하우스를 짓고 있던 나에게 친구의 비글이 새끼를 낳았다며 한번 키워 보지 않겠느냐고 권했었다. 당시에는 오래도록 함께한 반려견 빠꼼이가 살아 있을 때라 새로운 개를 키울 생각이 없었다. 그런데 또 다시 비글을 키우겠느냐고 물어 온 것이다. 언젠가 개를 키우게 된다면 발바리, 잡종, 믹스견을 키우던 서러움을 잊고자 품종견을 키우고 싶다는 마음을 품었던 나에게 비글은 한 번쯤 키우고 싶은 견종이기도 했다. 신아는 마치 내 마음을 꿰뚫어 보기라도 한 것처럼 적시적소에 다시 이야기를 꺼낸 것이다.

"그때 그 비글이 새끼를 또 낳았다고 해서요. 비글 키워 보고 싶다고 하신 거 같아서 다시 물어봐요."

"그러긴 했지만……."

누가 인간은 망각의 동물이라고 했던가? 나는 인간이었고, 바로 그

망각의 동물이었다. 그때와 차이가 있다면 나의 첫 반려견 빠꼼이가 무지개다리를 건너 이제 더 이상 내 곁에 없다는 것.

　빠꼼이에게 미안했지만 제주도에서 개를 키우는 건 내 로망이었고, 더 이상 개를 싫어하는 엄마와도 함께 살고 있지 않았다. '정말 한번 키워 볼까?' 생각하는 순간 이미 내 머릿속에는 '개와 함께 살고 싶다, 개의 그 고소한 발냄새를 다시금 맡고 싶다.'는 생각이 몽글몽글 솟아나고 있었다. 이때 마지막 쐐기를 박는 신아의 한마디. "사진 보실래요? 친구가 강아지 사진을 보내왔어요." 올망졸망 엄마 젖을 먹겠다고 모여 있는 비글을 보기도 전에 나는 내 운명을 예감했다. 고민이고 생각이고 할 것도 없이 그 자리에서 나는 결정을 했다.

　"그래! 키워 보지 뭐!" 그것이 호이와의 첫 시작이었다.

첫사랑
빠꼼이의 **죽음**

　제주로 이주하기로 결정할 수 있었던 이유에는 날씨도 한몫했다. 나는 추운 것을 무척 싫어해서 겨울보다는 여름을 좋아하는데, 제주도는 서울보다 지리적으로 남쪽에 위치해 '따뜻한 남국'의 이미지가 강했다. 야자수는 이국적이었고 바다가 가까이 있어 그런지 여행 다닐 땐 도시의 여름보다 선선하다고 느꼈다. 그것이 내가 생각한 제주도의 이미지였다.

　그런데 웬걸! 직접 살러 온 제주도는 내 생각과 달리 너무도 뜨거웠다. 나는 이제 더 이상 카페나 바다를 찾아다니는 여행객이 아니었다. 봄부터 시작해서 여름에 끝내려던 공사는 여러 가지 문제로 한여름인

7월에 시삭되었다. 게스트하우스 공사 현장에 나와 있자니 가만히 서 있어도 땀이 뚝뚝 떨어졌다. 게스트하우스를 짓는 곳은 성산일출봉이 자리한 성산읍 오조리라는 작은 마을이었고, 이 마을에 게스트하우스를 지을 때만 해도 "이 촌구석에서 무슨 장사를 한다고 그러나?" 하시며 어르신들이 하나둘 구경을 오시던 때였다.

제주에 아는 사람 하나 없었기에 갈 곳도 마땅치 않았다. 나는 공사 현장에 매일 나와 인부들이 일하는 모습을 보며 공사장을 지켰다. 그날도 마찬가지였다. 공사 현장에서 허드렛일을 하고 있는데 엄마로부터 전화가 걸려 왔다.

"민경아."

엄마가 숨을 한 번 고르고 말했다. "빠꼼이가 아침에 갔다……. 새벽에 가만히 우리를 보고 있더니 그게 다 가려고 그랬던 건가 봐."

"……."

"어, 알겠어. 엄마." 하고 전화를 끊고 소음으로 가득한 공사 현장에 쭈그려 앉아 꺼이꺼이 울었다. 빠꼼이는 스무 살 때부터 14년 동안 키운 나의 반려견이었다. 공사장 인부 아저씨들이 내 모습을 보고는 깜짝 놀라며 무슨 일이 있느냐고 물었다. 나는 가쁜 숨을 몰아쉬며 키우던 개가 죽었다고 말했다.

"난 또 뭐 큰일 났다고……."

그들은 대수롭지 않게 다시 일을 시작했다.

위로까지 바랐던 것은 아니었다. 하지만 14년이나 키운 반려견이 무지개다리를 건넌 날 들은 말치고는 너무 서글펐다.

빠꼼이는 내가 제주로 오기 2년 전부터 유선종양을 앓고 있었다. 두 번의 종양 제거 수술을 했는데, 수술을 할 때마다 경과가 좋아져서 빠꼼이를 제주에 데려오기 위해 비행기를 알아보는 중이었다. 엄마는 개를 싫어함에도 나 때문에 어쩔 수 없이 빠꼼이를 맡아 키워 왔던 터라 짐도 덜어 드릴 겸 데려올 결심을 했던 것이다. 나는 당연히 엄마가 내 의견에 찬성하고 좋아하실 줄 알았다. 하지만 엄마의 답은 뜻밖이었다.

"아픈 애를 비행기를 어찌 태워. 그냥 익숙한 데서 살다 가게 두자."

엄마에게 빠꼼이를 거두겠다고 호기롭게 말은 했지만, 사실 내 한몸 건사하기도 힘든 시기였다. 나는 엄마의 마음이 변할세라 엄마 말에 얼른 수긍했다. 대신 엄마가 빠꼼이의 아픈 부위를 매일 치료하는 게 부담이 될 수 있으니 세 번째 수술을 조금 무리해서 감행하기로 했다. 그리고 얼마 후 빠꼼이가 무지개다리를 건너게 된 것이다.

죄책감은 오래갔다. 평소 마음의 준비를 하지 않은 건 아니었지만, 마음의 준비라는 게 무색할 만큼 슬픔은 깊었다. 다 내 잘못인 것 같았고 다시는 개를 키울 수 없을 것만 같았다.

펫로스 증후군과
마주하다

　빠꼼이를 보낸 후 개를 다시 키우기로 결정하는 것은 쉬운 일이 아니었다. 오래 사귄 연인과 헤어지자마자 금방 다른 연인을 만나 번갯불에 콩 구워 먹듯 결혼하는 것 같은 기분이 들었다. 뭐 그렇다고 그게 특별히 잘못된 건 아니지만 기간이 9개월 정도로 짧다 보니 마음이 무거웠다. 빠꼼이를 배신하는 것 같은 죄책감이 따라올 수밖에 없었다.

　비글을 입양하겠다고 결정하기 전 마침 게스트로 온 미술심리치료사에게 심리치료를 받을 기회가 있었다. 선생님은 나에게 집과 나무와 자신을 그려 보라고 했다. 나는 망설임 없이 집을 그리고, 나무를 그리고, 나와 빠꼼이를 그렸다. 나에게 빠꼼이는 너무 당연한 존재였기에 그리지 않을 수 없었던 것이다.

선생님은 내 옆에 있는 개의 존재에 대해 물었고, 빠꼼이에 대해 설명하던 나는 그만 울음을 터트리고 말았다. 이곳 제주도는 빠꼼이와 나눈 추억이 하나도 없는 곳이었다. 빠꼼이가 누군지 이야기 들어줄 이 하나 없는 이곳에서 혼자 슬픔을 삭이며 지내 오다 미술치료를 계기로 다시금 빠꼼이의 이름을 뱉고, 추억을 말하고, 마지막을 보지 못한 죄책감을 이야기하고 있자니 나도 모르게 눈물이 쏟아졌다.

괜찮다고 나지막이 말해 주는 사람들, 빠꼼이는 나를 만나 행복했을 거라고 위로하는 말들. 혼자 짊어졌던 슬픔이 조금은 가라앉는 것 같았다.

그날 밤 꿈에 빠꼼이가 나왔다. 공사가 끝난 제주도 집 마당에 앉아 있는 나에게 빠꼼이는 가장 빛나던 시절의 모습으로 나타났다. 빠꼼이는 내 옆에서 한참을 앉아 있다가 '이제 갈게.' 하는 눈빛으로 나를 바라보고는 이내 사라졌다.

미술심리치료와 빠꼼이가 등장한 꿈으로 나는 슬픔과 죄책감을 어느 정도 덜 수 있었다. 빠꼼이를 보낸 후 거리의 개들만 봐도 슬프고 힘들었는데, 그 후에는 조금씩 나아지기 시작했다. 나는 다시 도움이 필요한 개들을 도울 수 있게 되었고, 떠돌이 개들에게도 예전처럼 마음을 열고 다가갈 수 있게 되었다.

"여행 와서 일하는 거 아닌데." 하면서도 다정하게 내 이야기를 들어 준 미술심리치료사 게스트 덕분에 나는 빠꼼이를 좋은 마음으로 보낼 수 있었다. 이 과정이 없었다면 나는 호이를 만나지 못했을 것이다.

#집 #나무 #빠꼼이와나 #미술심리치료

입양 조건은
두 가지뿐

비글을 키우기로 마음먹은 후 나는 열 마리의 비글 사진을 '미래의 견주 자격'으로 받아 보았다. 빠꼼이가 유선종양으로 무지개다리를 건넜기 때문에 같은 슬픔을 겪고 싶지 않아서 성별은 수컷으로 정했다. 비글들은 무늬를 기준으로 옷을 잘 입었다거나 못 입었다고 말하는데, 특히 얼굴의 무늬가 대칭을 이루고 있으면 옷을 잘 입은 개라고 칭한다 했다.

'그래, 이왕 키우는 거 옷 잘 입고 잘생긴 수컷으로 정하자.'

그랬더니 열 마리의 비글에서 세 마리로 후보군이 확 줄었다.

태어난 지 얼마 안 된 비글 새끼들은 귀엽지 않았다. 이제 막 눈을 뜨고 귀가 열리던 때라 쭈글쭈글한 외계 생명체처럼 보였다. '누가 비글을 예쁘다고 한 거지?' 하는 의구심마저 들었다. 예쁜 강아지를 고르는 게 아니라 못생긴 개들 중에 덜 못생긴 개를 고르는 일이었다. 열 마리 중 한 마리를 키우기로 마음을 먹은 상태에서 급할 건 없었다. 나는 못생긴 비글 강아지들이 조금이라도 예쁘게 자라나기를 바라면서 천천히 결정하기로 했다. 그리고 어떤 비글이 제주로 오든 간에 늘 낯선 사람이 찾아오는 게스트하우스의 개답게 호의적으로 사람을 환대하라는 의미를 담아서 '호이'로 부르기로 했다.

'누가 호이가 될까? 다음 날이면 얼마나 더 예뻐졌을까?'

나는 매일매일 강아지 사진을 보내 달라고 졸라 댔다.

시간이 조금씩 흐르면서 후보군 세 마리 중 역변을 시작했다는 강아지를 빼고, 엉덩이 무늬가 짝짝이라 '짝궁'이라고 불리는 강아지와 태어날 때부터 열 마리의 형제들에게 눌리는 바람에 꼬리가 휜 '꼬바'로 후보군이 줄었다.

짝궁이와 꼬바 둘다 예쁘게 옷을 입은 수컷이었다. 이제 결정만이 남았다. 고민에 고민을 거듭하다가 역시 많은 사람들을 만나며 살 게스트하우스의 개이기에 조금 '덜' 악동 같아 보이는 '짝궁이'를 호이로 택했다. 나는 코에 점이 두 개 난 짝궁이를 제주로 보내 달라고 전했다.

두근두근. 나의 선택은 앞으로 어떤 결과를 낳게 될까?

#꼬바 #짝꿍이 #둘중하나는호이

육지 개,
제주 개 **되다**

이제 호이를 육지에서 제주로 데려오는 일만 남았다. 호이는 3월생이었기에 엄마와 형제들과 함께 사회성을 기르다 5월쯤 신아가 육지에 가는 길에 데려오기로 했다. 나는 이제 호이의 견주 자격으로 당당하게 호이의 사진을 받아 보았다.

호이는 그사이 다른 형제들보다 머리 하나가 더 커지고, 발도 커지고, 다른 강아지 밥까지 다 빼앗아 먹는다고 했다. 호이는 너무 울고 시끄러운 나머지 호의적이란 뜻을 담은 호이가 아닌, '부르짖을 호(號)'에 '귀 이(耳)' 자를 쓴 호이가 더 어울릴 법하다는 말도 전해 왔다.

'그때 짝꿍이가 아닌 꼬바를 선택했어야 했는데……'

지금 후회한들 무슨 소용이 있으랴. 이미 호이와 랜선 사랑에 빠진 나는 덩치가 큰 건 오히려 특별하기 때문이라고 생각했고, 우는 건 의견이 확실한 거니까 좋은 거라 포장했다. 그렇게 나는 나의 선택이 옳다고 좋은 쪽으로만 생각했다.

이제나저제나 호이가 올 5월만 기다리는데 그사이 희소식이 들려왔다. 호이를 분양해 줄 친구 어머니가 4월에 제주도로 여행을 오시는 김에 호이를 데려온다는 것이었다. 너무 빨리 엄마 비글에게서 호이를 떼내는 것이 아닌가 싶어 마음에 걸렸지만, 이미 사료도 먹고 있고, 이가 난 강아지 열 마리가 젖을 계속 먹으려 해서 엄마 비글이 힘들어하는 중이었기에 호이가 일찍 입양되는 것은 잘된 일이라고 생각했다.

'그래, 이왕 분양받기로 결정한 거 하루 빨리 같이 살면 좋지.'

나는 예정보다 빠르게 호이를 만날 준비를 했다. 호이는 나를 만나러 오기 위해 태어나서 처음으로 목욕을 했다고 한다. 비행기에서 곯아떨어질 수 있도록 얼마간은 재우지 않았다고도 했다. 나는 들뜬 마음으로 호이를 맞으러 공항으로 갈 채비를 했다.

'세상에 나를 만나러 비행기를 타고 오는 강아지라니……

내가 다시 개랑 살다니. 사진으로만 보던 호이를 본다니.'

공항 가는 길 내내 두근대는 마음을 감출 길이 없었다.

#같이태어난거맞음 #머리가하나더있는데 #감당할수있냐개

비글이라서 그래,
비글이라서 그럴 거야

호이는 알려진 바와는 달리 무척 얌전한 상태로 나에게 왔다. 충남에서 제주로 오는 한 시간 동안 비행기에서 주는 반려견 전용 상자에 담겨 내내 잠을 잤고, 나에게 넘겨지는 순간에도 잠깐 눈을 뜨고 조금 어리둥절해할 뿐 이내 잠을 청했다.

공항에서 집으로 가는 한 시간 동안에도 호이는 운전하는 내 다리 위에 엎드려 한 번도 깨지 않고 잠을 잤다. '고집이 세고 시끄럽다더니 엄청 착한 비글이 왔구나.' 하고 나는 생각했다. 비글이 악마견이라고 말한 사람을 찾아내 그 말 당장 취소하라고 하고 싶을 정도였다.

그렇게 호이가 비행기를 타고 제주로, 나에게로 왔다.

나는 미리 사 둔 사료에 우유를 말아서 먼 길을 날아온 호이에게 주었다. 엄마와 떨어져 처음 자는 호이를 혼자 둘 수 없어 밤에는 옆에 끼고 잤다. 다음 날부터는 신아와 번갈아 가며 호이를 데리고 잤다. 엄마랑 아빠, 형제들이 보고 싶어 울면 어쩌나 하는 걱정과 달리 호이는 집 구석구석을 누비며 장난을 치고, 누워 있으면 머리까지 올라와 머리카락을 장난감 삼아 물었다. 호이는 이가 나기 시작한 시기라 물건이고 사람이고 가리지 않고 물었다. 장난을 칠 때도 힘 조절을 못하는지 호이가 물면 제법 손이 아팠다. 개가 세게 물려고 할 때 크게 소리치며 아픈 시늉을 하면 힘 조절을 한다기에 호이가 세게 물려 할 때면 "아아!" 하고 소리를 질러 보기도 했다.

지금 생각해 보면 그때 단호하게 "안 돼!"라는 명령어를 입혔어야 했다. 하지만 나는 내 말을 잘 듣던 빠꼼이와 너무 오래 산 탓에 개에게 "안 돼!"라는 말을 단호하게 한 기억이 없었다. 솔직히 말하면 개에게 엄하게 호통을 치는 것은 나에게는 너무나도 어려운 일이었다. "비글이니까 이 정도면 약과지. 넘치는 에너지 때문일 거야." 하며 호이의 행동을 보고 넘기는 나날들이 이어졌다.

명실상부
악마견

호이는 새로운 공간에서 잘 지냈다. 비글답게 발랄했고, 강아지답게 잠을 많이 잤으며, 고향에서 말해 준 대로 식탐도 대단했다.

호이는 점점 배가 통통해졌고, 귀가 길어졌다. 조금씩 자라나는 호이를 쓰담쓰담 하면서 내가 꿈꾸던 행복과 지금 이 순간이 닮아 있다는 생각에 벅차올랐다. 어렵게 지었으나 어쨌거나 완성된 집, 이제 막 시작한 예감이 좋은 게스트하우스의 운영, 나를 도와주는 신아, 그리고 꿈꿔 온 개까지 이 모든 것이 완벽한 모습을 갖추고 있었다.

그런 생각에 잠겨 호이를 쓰다듬는데, 호이 귀 안쪽으로 동글동글한 무언가가 만져졌다.

처음에는 귀에 때가 뭉쳐 있는 줄로만 알았다. 그런데 떼어 놓고 보니 발이 꿈틀거리는 벌레였다. 이것은 바로 진드기! 도시에서만 개를 키워 온 나로서는 뉴스에서만 보던 진드기를 그날 처음 보았다.

진드기는 내가 생각한 것보다 몸집이 컸다. 인터넷에서 알려 주는 방식대로 진드기를 불태워 죽이면서 나는 '아, 이 진드기가 호이를 괴롭혀서 우리에게 신호를 주느라 호이가 자꾸 물었나 보다.' 하고 내 멋대로 생각했다. 그런 생각을 하고 나니 엄마랑 떨어진 호이가 더 가엾게 보였다. '아이고 얼마나 괴로웠을까.' 하는 맘으로 나는 호이를 더 예뻐하고 오냐오냐해 줬다.

하루, 이틀, 일주일, 호이를 돌보는 시간이 흐르는데도, 귀에 진드기를 뗐는데도, 그사이 회충약을 먹여 회충을 다 제거했는데도, 호이는 변함없이, 아니 오히려 열심히 나를 물었다. 물지 말라고 호통을 치고, 전용 맴매를 만들어 혼을 내도 그때만 잠깐 눈치를 볼 뿐 호이는 내 발과 손을 계속 물었다. 날카로운 호이 이빨에 긁히고 물린 내 팔과 다리는 성한 데가 없었다. 팔다리에서는 피가 나고 멍이 들었다.

돌이켜 보면 그때 행동교정을 했어야 했다. 하지만 당시의 나는 '호이는 비글이야, 악마견이라고 하는 비글. 얼마나 키우기 힘들면 그런 별명 아닌 별명이 있겠어? 비글은 이렇게 키우기 힘든 거구나.' 하며 문제를 찾기보다 문제를 해결하지 못하는 내 행동에 핑계를 만들기 급급

했다.

　이 모든 건 호이가 아직 성장기이기 때문에 일어난 일이라고 굳게 믿었다. 나는 호이의 이갈이가 끝나고 나면 입질 역시 나아질 거라 믿으며 하루하루를 견뎌 나갔다.

#경찰아저씨호이좀잡아가세요 #철컹철컹

#명실상부악마견

어? 이 강아지
뭔가 수상하다

    날이 따뜻해지고 긴팔에서 반팔로 옷을 바꿔 입게 되자 상처투성이인 팔이 밖으로 드러나기 시작했다. 그걸 본 신아는 깜짝 놀라며 도대체 어떻게 된 거냐고 물었다. 누구한테 맞은 건 아닌가 염려하기도 했다. 그런 의심이 이상하지 않을 만큼 내 팔과 다리는 성한 데가 없었다.

    신아는 나와 다른 숙소를 쓰고 있었던 탓에 나와 호이 사이에 이렇게까지 심각한 일이 벌어지고 있다는 걸 몰랐다. 신아가 알게 된 이상 우리는 함께 머리를 맞대고 이 문제에 대해 진지하게 고민하기 시작했다.

    "왜 그럴까? 진드기도 회충도 이갈이도 아니라면 대체 뭘까?"

    많은 고민을 하고 자료 수집도 했다. 그 끝에 우리는 호이가 너무 빨리 분양을 오는 바람에 미처 사회성을 기르지 못했다는 결론을 내렸다.

강아지들은 엄마 품속에서 형제들과 뒹굴고 깨물고 놀면서 무는 강도를 조절해 나가고, 모션과 스킨십을 통해 개들의 언어인 카밍 시그널(Calming Signal)을 배우고 사회성을 기른다. 그런데 호이는 엄마와 형제들과 빨리 이별을 하는 바람에 제대로 된 교육을 받지 못해 무는 강도를 조절하지 못하는 것 같았다. 우리는 호이가 성견 비글과 놀면 좀 나아지지 않을까 생각했다.

마침 성산에 비글 한 마리가 살고 있었다. 집으로부터 2킬로미터 정도 떨어진 푸드트럭에서 기르는 '달이'였다. 우리는 견주를 만나 사정을 설명했다. 달이 견주는 우리의 이야기를 듣고 달이를 만나러 와도 좋다고 허락해 주었다. 우리는 일주일에 세 번 이상 달이를 찾아갔다. 달이를 처음 본 호이는 보자마자 엄마인 줄 알고 젖을 찾았다. 그 모습을 보니 역시 엄마의 사랑이 부족했구나 싶어서 미안했다. 시집도 안 간 달이는 젖을 찾는 호이를 보고 귀찮아하고 어리둥절해했지만 다행히도 나중에는 호이가 오는 것을 반기고 환영해 주기 시작했다.

'자, 이렇게 사회성을 기르면 점점 나아지겠지?'

하지만 오산이었다. 호이의 입질은 달이를 만난 후로도 전혀 나아지지 않았다. 호이는 달이를 만나 신나게 놀고 집에 오면 다시 나를 물었다. 잠자기 전이 특히 심했다. 나는 개를 14년이나 키웠는데, 빠꼼이 이

전에도 늘 개와 함께 살았는데, 그래서 개에 대해서 너무 잘 안다고 생각했는데, 나는 말 그대로 '멘붕'에 빠졌고, 호이를 이해하려고 해도 도통 알 수도 없고, 내 수준에서는 풀리지 않는 어려운 수학 문제 앞에 앉은 기분에 휩싸였다.

#엄마라고불러도돼요? #아니

호이 좀
고쳐 주세요!

　말을 잘 듣던 빠꼼이와 살면서 다 잊은 것일까? 나는 개를 처음 키우는 마음가짐으로 돌아가 호이의 마음을 알아보기 위해 책을 사서 보기 시작했다. 『우리 강아지 명견 만들기』, 『내 강아지 스트레스 없이 키우기』, 『강아지 탐구생활』 등으로 열심히 공부했다. 그러나 아무리 책을 읽으며 호이의 마음을 추리하고 바꾸어 보려 해도 호이는 나아지지 않았다. 호이는 몸이 커지는 만큼 점점 더 세게 사람을 물 뿐이었다.

　때마침 제주도에 놀러 온 수의사 친구에게 호이에 대한 고민을 털어놓았다. 친구는 개를 배가 보이게 뒤집고 일어나지 못하게 한참을 누르면 자연스럽게 물지 않게 될 거라고 했다. 배를 보이는 것은 개들이 복

종할 때 보이는 자세이기 때문이라고 했다. 마음이 약한 나는 호이를 뒤집는 것조차 할 자신이 없어 친구에게 대신 해 달라고 부탁했다. 친구는 호이를 배를 보이게 눕히고 아무리 울고 발버둥을 쳐도 포기하면 안 된다며 호이를 누르기 시작했다. 호이는 만만치 않았다. 호이는 계속 울고 발버둥 칠 뿐 절대 포기하거나 울음을 그치지 않았다.

　그 상황을 지켜보는 것은 너무나도 힘든 일이었다. 나는 차마 더 보지 못하고 그 자리를 빠져나왔다. 얼마 후 친구가 이렇게 고집 센 개는 처음 봤다며 고개를 절레절레 흔들며 방을 나왔다. 결국 이날은 호이의 승리로 끝이 났다. 수의사 친구는 그 후로 훈련용 목줄인 '초크체인'을 보내왔다. 초크체인은 개가 잘못된 행동을 할 때 교정하는 도구로, 견주가 목줄을 당기면 목을 조이며 행동을 멈추게 하는 방식이었다. 호이는 초크체인을 차기에는 너무 작았고 목줄은 무겁고 컸기에 정말 말을 듣지 않고 입질을 할 때 쓰려고 한쪽에 치워 두었다. 그렇게 시간이 흘렀다. 호이는 그새 무럭무럭 자라 제법 주둥이도 길어지고 키도 커졌다.

　호이와 내가 사는 게스트하우스는 전국 각지에서 온 여행객들이 숙박을 하고 간다. 그렇다 보니 다양한 사람을 만날 수 있다는 이점이 있다. 마침 이번 손님 중에는 도그쇼 수상 경력이 있는 분이 여행을 왔다. 호이가 문제를 가진 채로 자랄수록 누구라도 잡고 매달리고 싶은 심정이 되어 가던 터라 내 반가움은 이루 말할 수 없었다. 나는 호이와 사는 고민을 털어놓으며 혹시 훈련이 가능한지 물었다. 손님은 조크체인 만 있다면 호이의 버릇을 고쳐 줄 수 있다고 말했다. 그는 호이를 훈련 시키기 위해 운동장에 갈 테니 어떤 소리가 나도 마음이 약해져서는 안 된다고 나에게 신신당부를 했다.

깽깽

깽깽깽

깽깽깽깽깽

마을 운동장은 호이가 울부짖는 소리로 가득 찼다.

'마음 약해지지 말자, 듣지 말자, 이번 고비만 넘기면 호이랑 살기 수 월해질 거야.' 나는 호이의 울음소리를 힘들게 외면하고 있었다. 그렇 게 마을이 떠나가라 울던 호이의 울음소리는 한 시간가량 지속됐다. 그 래서 호이를 고쳤느냐고? 천만에. 호이는 조크체인만 보면 기겁을 하 고 도망가는 개가 되었을 뿐 무는 버릇은 여전히 고쳐지지 않았다.

이외에도 챠우챠우 크림이를 키우는 모델 이영진 씨 역시 호이의 버 릇을 고친다며 신문지를 말아 들고 호이를 혼내 보기도 했으나, 이번에 도 호이의 승리로 끝났다.

돌이켜 보면 내가 해야 할 일들을 마음이 약하다는 이유로 다른 사람들에게 미룬 것이 가장 큰 문제였다. 호이를 혼란스럽게 만든 것은 일관성 없는 교육을 한 나였다. 두고두고 마음 아프고 미안한 점은 초크체인으로 훈련받던 그 밤, 호이의 울부짖음을 교육이랍시고 외면한 일이다. 호이 입장에서는 낯선 이에게서 목을 조여 오는 고통을 당했던 셈이니 얼마나 무섭고 고통스러웠을까?

호이가 이 책을 볼 일은 없겠지만 마음을 담아 사과하고 싶다. 견주인 내가 너무 무지해 너를 힘들게 했다고, 그날은 너무 미안했다고.

#초크체인은멋일뿐 **#당기지말라개**

너만의 작은 우주를
만들어 줄게

    호이와 살수록 나는 단지 개와 오래 살았을 뿐 개에 대해 모르는 게 많다는 사실을 하나둘 알게 되었다. 나의 무지함은 호이의 교육에서뿐만 아니라 다른 곳에서도 드러나기 시작했다.

    일단 호이는 집이 없었다. 처음 온 일주일간은 그냥 내 옆에서 재웠고 아기 때는 작은 바구니 안에 담요를 깔아 주었을 뿐이었다. 내가 사는 집 구조는 복층이라 2층을 내가 쓰고 1층을 호이가 쓰면 된다고 생각했다. 예전에 키웠던 빠꼼이 역시 집이 없었고, 화장실 앞 매트나 내 침대에서 자유롭게 자곤 해서 집 안에서 사는 개에게 따로 집을 마련해 주어야 한다는 사실도 미처 알지 못했다. 그런 이유로 호이는 집이 없었는데, 당시 비글 키우는 데 도움을 받기 위해 찾아보던 '비글 정심 이네' 블로그에서 "영역동물인 개는 자기만의 공간이 필요한데 개에게 주어진 공간이 넓으면 넓을수록 그 영역을 지켜야 한다는 사명감에 스트레스를 받는다."는 글을 보았다.

그날로 작디작은 호이가 우주처럼 넓다 여길 1층 공간에서 호이만의 영역을 만들어 주기로 했다. 게스트하우스 공사를 하고 남은 목재를 모아 집 안에 작은 울타리를 만들었다. 호이의 예민함을 잠재워 무는 버릇을 고칠 수만 있다면 나무로 3층 집을 지어도 전혀 수고롭지 않을 것 같았다. 나는 한 번도 써 보지 않았던 전기톱을 부앙부앙 켜 가며 호이의 울타리를 만들었다.

1층 한쪽에 울타리를 세우고, 담요를 깔고, 그 안에 호이의 배변판과 식기를 모두 넣은 뒤 안락한 공간을 만들었다며 뿌듯해했다. 하지만 하나 간과한 것이 있었다. 그 울타리에는 문이 없었다. 호이가 나오고 싶다고 하면 언제든 빼 주는 방식이기는 했지만 결과적으로 집이 아닌 감옥 구조라는 것은 의심할 여지가 없었다.

갇혀 있는 것을 좋아하는 사람은 없다. 동물이라고 예외일까? 호이는 점점 울타리를 벗어나고 싶어 했고, 비글이 아니라 비버라고 해도 믿을 만큼 날카로운 이빨을 이용해 나무 울타리를 갉아먹기 시작했다. 그렇게 울타리 생활이 이어지던 어느 날, 2층으로 연결된 사다리가 무너지며 1층 호이의 영역 안으로 떨어졌다. 육중한 사다리는 그대로 호이의 울타리를 덮쳤고, 나는 2층에서 1층으로 떨어지며 바닥을 나뒹굴었다. 호이는 동물적인 감각을 이용해 천만다행으로 사다리를 피했지만 호이의 울타리는 산산이 부서졌다. 나는 다친 몸으로 절뚝이면서도 내 몸은 둘째치고 호이가 다치지 않았다는 사실만으로 감사해했다. 호이가 문 상처에 사다리에서 떨어진 타박상까지 내 몸은 너덜너덜했지만 몸이 낫자마자 내가 가장 먼저 한 일은 호이의 울타리를 얼기설기 다시 만드는 일이었다. 하지만 호이는 내 마음도 몰라주고 그 공간을 전보다 더 싫어하며 울타리를 파괴하기 바빴다. 돌이켜 보면 호이에게 뭐가 필요한지도 모르는 무지한 행동을 호이를 위한 일이라고 착각하며 열심히 시행하던 나날들이었다.

#개도신용대출허용하라개 #번듯한집에서살고싶다개

초콜릿을
개에게 줬다고요?

　어느 여름날이었다. 신아와 나는 산책을 마치고 아이스크림을 하나씩 물고 돌아와 게스트하우스 카페에 앉았다. 에너지가 날로 강해지는 호이를 산책시키는 일은 쉽지 않았다. 하지만 호이를 키우지 않았다면 지금보다 훨씬 대화도 적게 했을 거라며 개를 키우기 잘했다고 이야기를 나누었다.

　우리가 하는 말에는 관심 없고 우리가 먹는 것에만 관심 있던 식탐 많은 호이는 우리 손에 들려 있는 아이스크림에서 눈을 떼지 못했다. 그 모습이 측은했는지 신아가 호이에게 아이스크림콘 끝부분을 나누어 주었다. 신아는 아이스크림을 먹는 호이를 기특해하며 말했다.

"호이 좀 봐요. 아이스크림이 맛있나 봐요. 엄청 잘 먹어요."

우리는 자식이 음식을 입에 넣는 모습만으로 기뻐하는 부모들처럼 호이가 맛있게 먹는 것만으로 흐뭇해했다. 나는 내 아이스크림도 호이에게 나누어 주었다.

그날 밤이었다. 호이가 다른 날과 다르게 낑낑 울며 잠투정을 했다. 걱정이 되어서 2층으로 데리고 왔더니 잠은 안 자고 여기저기 토를 하기 시작했다. 다음 날 아침에도 호이의 상태는 호전되지 않았다. 신아가 호이의 얼굴이 이상하다며 나를 깨울 정도였다.

호이의 얼굴을 본 나는 너무 놀라 그만 울음을 터트렸다. 호이는 눈과 주둥이가 퉁퉁 부어서 누가 봐도 정상적인 상태가 아니었던 것이다. 한시가 급한데 그날은 마침 일요일이라 가까운 병원은 문을 닫은 상태였다. 우리는 제주시에 있는 병원에 전화를 걸어 문을 연 것을 확인한 후 호이를 챙겨 병원으로 갔다.

호이의 증상은 '초콜릿 알레르기'였다. 우리는 수의사 선생님께 왜 개에게 초콜릿을 줬느냐며 엄청 혼이 났다. 호이에게 초콜릿을 준 기억이 없던 우리는 한참을 어리둥절해했다. 그러다 어제 준 아이스크림콘 끝부분에 초콜릿이 들었다는 걸 겨우 생각해 냈다.

사람에게는 작은 양이지만 강아지인 호이에게는 치명타를 입힐 양이었을 것이다. 의사 선생님은 그나마 밤에 호이가 토를 해서 죽지 않은 거라고 했다. 만약 기도가 부어올라 호흡 곤란이 왔다면 손쓸 틈 없이 죽을 수도 있었다고 말했다. 부어 있는 호이 얼굴을 보자니 개에 대한 기본적인 상식조차 없는 나 자신이 너무 창피했다. 정말 어디 가서 개를 평생 키웠다고 말하지 말아야겠다고 생각했다.

#죽다살아났다개　#초콜릿은참맛있었다개

상아색 집
아저씨

저기 저기 상아색 집 아저씨

하얀 개, 누런 개, 얼룩덜룩 호피무늬 개까지

이번에도 개를 데리고 왔네요.

저기 저기 상아색 집 아저씨

암컷들만 골라 새끼를 낳게 해요.

새끼들은 자라면 어미는 팔려 가요.

저기 저기 상아색 집 아저씨

1미터 줄에 개를 묶어 두지 말아요.

멍멍 짓는다고 개를 때리지 말아요.

저기 저기 상아색 집 아저씨

그렇게 키울 거면

제발, 개를 키우지 말아요.

우리 동네에 상아색 집에 사는 아저씨가 있다.

아저씨는 많을 때는 개를 다섯 마리, 적을 때는 세 마리 정도를 항상 키웠다. 제주도는 태풍 때문에 대문이 없는 집이 많은데, 그 집도 마찬가지였다. 호이를 산책시키다가 마당에 있는 상아색 집 개들을 보는 것은 어려운 일이 아니었다.

아저씨는 다리가 조금 불편한 탓에 보조장치를 이용해 마당으로 힘들게 걸음을 옮기며 개 사료를 챙겼다. 처음 그 모습을 보았을 땐 개를 엄청 좋아하시는 분이라고 생각했다. 그런데 날이 갈수록 그 집에서 개를 키우는 방식이 이상하게 느껴졌다. 개들의 수는 항상 어느 정도 유지되지만 개들이 너무 자주 바뀌었던 것이다. 보통 다섯 마리였다가 어떤 때는 세 마리가 되기도 했는데, 수컷은 사라지고 암컷만 늘 남겨졌다.

이 집 역시 시골의 많은 집들이 그러하듯 개를 1미터 길이의 짧은 줄에 묶어 키웠다. 그러다 짝짓기 철이 되면 암컷만 슬그머니 풀어 두었다. 어렸을 때부터 묶여 자란 개들은 위축되고 겁을 먹은 자세로 집을 떠나지 못하고 집 근처에서 머물면서 유혹의 향기를 내뿜고, 그 향기는 사방으로 뻗어 나가 아랫마을 윗마을 수컷들을 불러 모은다. 그러고는 곧 임신. 그러면 멀리 가지 못한 암컷 개들을 잡아 다시 묶어 둔다.

세 달이 안 돼 암캐는 새끼를 낳는다. 엄마를 닮은 백구 두 마리, 아빠를 닮은 황구 두 마리. 강아지들은 꼬물꼬물 집 마당과 동네를 돌아다닌다. 털이 복슬복슬 난 강아지들이 자라나면 또 암컷만 남고 수컷들은 사라진다. 그땐 어미 개도 함께 사라진다. 사라지는 게 팔아 없애는 건지, 아는 사람에게 주는 건지 그건 정확히 알지 못한다. 그저 어느 날 보면 사라져 있을 뿐. 그렇게 남겨진 암컷 강아지들은 다시 1미터 줄에 묶인다. 그러고는 엄마가 그랬던 것처럼 반복된 삶을 살다 다시 사라진다.

내가 제주도에 온 2012년부터 2017년까지 그 일은 쭉 이어져 왔다. 최근 건강이 나빠진 아저씨가 요양원으로 떠나자, 암컷 한 마리와 강아지 네 마리가 남았다. 얼마간은 지인이 와서 사료를 주고 돌보는 것 같았지만 묶여 있지 않은 강아지들은 동네를 돌아다니다가 마을 사람들의 신고로 이내 사라졌다. 그 와중에 어미와 새끼 한 마리가 오조리 마을에 남았다. 그리고 그 족보는 여전히 유효하다.

　　아저씨가 떠난 상아색 집, 그 집 근처를 여전히 맴도는 주인 잃은 떠돌이 개. 그 광경을 보면 '왜…… 대체 왜 그러셨어요.' 하는 원망이 솟아오른다. 이것은 상아색 집만의 특별한 일이 아니다. 제주도에서는 비일비재하다. 개들은 짧은 줄에 묶여 평생 산책 한번 가 보지 못하고 음식물쓰레기를 처리하거나 집을 지키는 용도로만 길러진다. 그러다 복날이 되면 다시 마을에서 사라진다. 그런데도 개와 함께 산책하는 나를 두고 '개를 끌고 다니지 말라고' 당당하게 혼내는 어르신들로 가득하다. 일반화할 수는 없겠지만, 이것이 내가 사는 바닷마을에서 개를 대하는 방식이다.

#형아우리팔려가요?

고양이 같은 개 호이,
개 같은 고양이 히끄의 첫 만남

게스트하우스를 청소하는 동안 혼자 남겨진 호이가 심심할까 봐 긴 줄에 묶어 마당에 두곤 했다. 호이는 햇볕을 쬐며 간식으로 준 뼈다귀를 먹거나 청소하느라 분주하게 돌아다니는 신아와 나의 발을 물며 장난을 쳤다. 그날도 여느 때와 다름없이 호이를 마당에 내놓고 청소를 하는 중이었다. 쓰레기를 버리려고 보니 쓰레기통이 고양이들의 습격을 받아 엉망이었다. 게스트들이 시켜 먹은 치킨 뼈를 찾아내기 위해 그런 모양인데, 이대로 두었다 가는 벌레도 생기고 옆집에서 보기에도 좋지 않을 것 같았다. 나는 그 길로 고양이 사료를 사러 가기로 했다.

"고양이 사료요? 그걸 왜 사요?"

이 말을 한 사람을 밝히자면 믿을 수 없겠지만, 지금은 우주 대스타 히끄아범이 된 신아의 말이다. 히끄아범도 우리 집 스태프이던 시절에는 '고알못(고양이를 알지 못하는 자)'이었다. 나중에는 자처하고 고양이 사료를 챙겨 줬지만, 그때의 신아는 고양이 사료를 사러 가자는 내 제안에 '왜 번잡스러운 일을 만드나?' 하고 생각했다고 한다.

대단한 사명감으로 시작한 일은 아니었다. 오히려 생각은 단순했다.

> 배가 고픈 고양이가 → 쓰레기통을 뒤져 치킨 뼈를 먹는다 → 치킨 뼈를 고양이가 먹는다면? → 죽을 수도 있겠지? → 앗! 고양이야, 죽지 마! → 사료를 주면 배가 부르겠지? → 쓰레기통을 뒤지지 않는다 → 그렇게 우리 모두 행복해진다

이런 단순한 생각의 경로를 지나 "고양이 사료를 사러 가자."라는 말이 나온 것이다. 그때 쓰레기통을 뒤지던 고양이가 히끄히끄고, 꺼므꺼므고, 줄무줄무다. 내가 슬로우트립에서 고양이 급식소를 차린 뒤 가장 먼저 단골이 된 건 '히끄'였다. 시골에서 볼 수 없는, 자그맣고 앙상한 흰 고양이. 당시 제주에 놀러 온 지금의 'B일상잡화점' 서점장에게 '히끄히끄'라는 이름을 얻은 뒤 당당하게 마당에서 낮잠을 자고, 하루 종일 게스트하우스 데크 위에서 놀기도 하고, 게스트의 기타 연주도 들

고, 게스트가 술 마실 때는 옆에서 안주도 나눠 먹곤 하는 넉살 좋은 고양이였다. 길냥이 밥을 주고 히끄가 들락날락하면서부터 청소 시간에 마당에 묶여서 자유를 만끽하던 호이의 시간은 자연스레 줄어들었다. 밥 먹겠다고 찾아오는 고양이를 쫓을까 싶어 호이를 카페 안에 두었기 때문이다. 그런데 보아 하니 히끄와 호이가 서로의 존재를 인식하고도 특별히 경계하는 기색이 없었다. 나는 조금씩 호이를 다시 마당에 꺼내 두기 시작했다. 물론 처음부터 그런 상황이 연출된 것은 아니다. 처음 히끄를 본 호이는 히끄에게 뛰어들었고, 히끄는 털을 최대한 세우며 하악질을 했다. 호이는 냄새를 맡고 싶은지 히끄에게 다가가서 코를 킁킁 거렸고, 히끄는 그런 호이가 무섭고 싫었는지 털을 곤두세웠다. 신기한 것은 하악질을 하면서도 히끄가 그리 멀리 도망가지는 않았다는 것이다. 둘은 계속 대치 상태를 유지하다가 어느 순간 '뭐야…… 별거 아니네?' 하는 생각이 들었는지 덤덤하게 일정 거리를 유지했다. 그런 신경전이 몇 차례 있고 나서는 호이를 예전처럼 풀어 두어도 히끄를 쫓거나 하지 않았다. 그들은 어느새 같은 공간에서 편하게 지내기 시작했다. 히끄가 돌담 위에 있을 때면 호이는 그 아래에 있기도 하고, 또 어느 때는 둘 다 적당한 거리를 유지하며 한 데크 위에 누워 자는 유토피아적인 상황이 펼쳐지곤 했다. 고양이 같은 개 호이와 개 같은 고양이 히끄의 만남은 이렇게 시작되었다.

'호양이'라고 불리는 호이는?

- 고양이처럼 식빵을 구울 수 있어요.
- 사람을 별로 반기지 않고 독립적이죠.
- 사람이 만지는 걸 싫어해요.
- 물을 고양이만큼 싫어해 수영은커녕 목욕도 싫어해요.
- 고양이처럼 '쭙꾹이'를 해요.
- 사료 중에선 고양이 사료를 최고로 좋아하죠.

'개냥이'라고 불리는 히끄는?

- '히끄야!' 하고 부르면 강아지처럼 '짠' 하고 나타나요.
- 길냥이 시절에도 배를 보이며 누워 마당에서 낮잠을 즐겼죠.
- 집냥이인 지금은 '앉아', '손', '기다려' 등을 모두 할 수 있어요.
- 사람을 엄청 좋아해 개보다 더 꼬리 치며 반겨 줘요.
- 물을 좋아해 목욕을 정기적으로 하죠.
- 강아지처럼 하네스를 하고 마당 산책을 해요.

#뒤통수가따가운건기분탓인가?

#아니야기분탓

호이가
자폐견은 아닐까?

    고양이가 아닌지 정체성이 의심스러운 호이에 대한 걱정은 날로 깊어졌다. 나는 어느새 '호이가 자폐견은 아닐까?' 하는 의심까지 하고 있었다. 호이는 내가 외출했다가 돌아오면 잠깐 반겨 주기는 하지만 바로 집에 들어가서 등을 돌리고 나오지 않는다. 또 사회성을 길러 주기 위해 다른 개들을 만나면 "너희들은 교양 없게 왜 그렇게 무리 지어 다니니?"라고 말을 하는 것처럼 같이 놀거나 냄새를 맡는 것보다 그저 마이 웨이, 자기 갈 길만 가고 주변 냄새를 맡는 일에 열중한다. 때때로 신나게 놀라고 마당에 풀어놓으면 탈출 경로를 찾아 도망가기 일쑤라 호이에게 잠시도 시선을 뗄 수 없다.

"호이는 좀 이상해요. 개가 좀 유별나죠?"

다른 견주들을 만나면 나는 괜히 선수를 쳐서 호이의 이상 행동에 대해 설명하기 바빴다. 그러다 우연히 개들도 자폐가 있을 수 있다는 말을 들었다.

호이가 자폐견인 것은 아닐까? 인터넷을 검색해 보아도 포털사이트에 검색되는 글들은 하나같이 개에 대해 모르는 사람들이 남긴 듯한 질문뿐이었다.

"개를 혼자 두면 많이 짖어요. 저희 개가 자폐견인가요?"

"집에 돌아오면 쓰레기통을 뒤지고 집을 엉망으로 해 놔요. 저희 개가 자폐견인가요?"

사실 이것은 자폐견이라서가 아니라 주인과 시간을 많이 보내지 못하는 개들이 보이는 행동이다. 호이는 이와는 조금 다르고 유별났는데, 그렇다고 해서 호이를 "개들도 자폐가 있다고 해요. 호이도 자폐견인가 봐요."라는 말로 설명하고 싶지 않았다.

설령 호이가 정말 자폐견이라고 해도 있는 그대로의 호이를 받아들이는 노력을 하는 게 맞지 않을까 하는 생각이 들었다. 나도 부모님 입장에서 보면 어느 날 갑자기 제주에서 살겠다고 서울을 떠난 괴짜 딸이었다. 그러면서도 늘 부모님께 나 자체를 받아들이라 말했다. 그런데 왜 나는 호이를 있는 그대로 받아들이지 못하고 내 마음대로 되지 않는

다고 생각하는 걸까? 생각이 거기까지 미치다 보니 호이를 조금이나마 이해할 수 있는 여유가 생겼다. 호이는 그저 혼자 있는 것을 좋아하고, 친구들과 무리 지어 다니는 게 싫고, 갇혀 있는 것보다 울타리 밖을 더 궁금해하는 개일 뿐이었다. 나는 무엇이 나를 이토록 힘들게 해 온 것인가 돌아보았다. 호이가 나에게 살갑지 않아서? 애교가 없어서? 다른 개들과 잘 놀지 않아서? 가만히 생각하면 아무 문제가 되지 않았다. 그저 호이랑 하루하루 어떻게 더 즐겁게 살면 될지 궁리하면 될 일이었다.

개가 주인을 문다면?

호이의 사회성 문제는 호이의 행동을 이해하려 노력하고 약점을 보완해 주고 더 주의를 하면 되는 일이다. 사실 호이에게는 사회성 부족이라는 문제보다 더 치명적인 단점이 있었다. 다들 알다시피 바로 '무는 개'라는 것. 호이는 문다. 주로 견주인 나를 문다. 물론 신아도 물고, 나중에 같이 살게 된 서점장도 물었다. 신아와 나는 심하게 물리지는 않아서 병원을 갈 정도는 아니었는데, 서점장은 응급실에 가야 할 만큼 큰 상처가 나기도 했다. 차라리 나를 물면 괜찮은데 다른 사람을 무는 건 이해나 양해의 범위를 넘어서는 일이었다. 게스트하우스에서 호의적으로 게스트를 맞이하라고 키운 개가 적의로 가득 찬 사람을 물다니

정말 있을 수 없는 일이었다. 나는 대책을 세우지 않을 수 없었다.

우선 많은 사람이 오는 곳이니 만큼 호이가 '무는 개'라는 것을 둘러대지 않고 확실하게 알렸다. 또 게스트와의 접촉을 최대한 줄이고, 만에 하나 있을 사고를 대비해 호이와 마주치더라도 절대 만지지 못하게 했다. 그리고 호이가 입질을 할 때는 호되게 혼내는 방침을 세웠다. 오래도록 함께 시간을 보내다 보니 호이가 어느 때 무는지 알게 되었다.

첫째, 호이는 새끼 때 엄마랑 빨리 떨어진 탓인지는 몰라도 잠이 오면 이불로 엄마 젖을 손으로 밀고 젖을 빠는 행동인 '쭙뀸이'를 했다. 호이는 그게 해소되지 않으면 물었다. 호이는 유독 잠들 때만 되면 나를 물었는데, 쭙뀸이를 하고 싶어 그런 건지 몰라서 밤마다 호이는 나를 물고, 나는 그런 호이를 혼내다가 서로 상처를 받으며 잠이 들곤 하는 날들이 많았다. 그 미스터리하고 어려웠던 문제는 호이의 집이 생기고 호이가 마음껏 쿠션을 물고 자게 되면서 해결되었다.

둘째, 호이는 자기 몸을 만지려고 해도 물려고 했다. '물려고 한다'는 건 실제로 무는 건 아니고 물 것 같은 무서운 표정으로 허공에 입질을 한다는 것이다. 이게 알고 나면 그리 무섭지 않은데 처음 접하는 사람에게는 너무나도 무서운 일이 될 수 있었다. 이건 호이를 만지지 말라는 경고문을 붙이고 만지지 않는 쪽으로 해결하면 된다. 털이 반질반질한 호이를 보고도 만지지 않는다는 건 무척 어려운 일이긴 하지만.

셋째, 호이는 귀 청소를 하거나, 발톱을 자르거나, 목욕을 시키거나, 발을 닦으려 할 때도 물려고 했다. 이건 입마개를 할 수 있는 지금이야 수월하지만 그 전에는 정말 전쟁이었다.

넷째, 호이는 병원에 가려고 하면 물어서 입마개를 처음부터 하고 가야 한다. 최근 서점장의 훈련으로 입마개를 할 수 있게 되었지만 그 전까지는 입마개를 꺼내기만 하면 물려고 해서 병원 문턱도 못 밟았다.

이렇게 호이의 특징을 관찰해서 위험 요소를 감지한다고 해도, 호이가 누구도 반겨 줄 리 없는 '무는 개'라는 사실은 여전히 변함없다. 나는 호이가 무는 개라는 사실을 알리기로 마음먹었다. 그래서 호이와 안전하게 사는 방법을 찾아가고자 결심했다.

병원에
갈 수 없는 개

호이는 병원에 가지 못한다. 수술할 만큼 위험한 상태거나 아주 많이 아파서 물 힘이 없을 정도가 되어야 그나마 병원에 갈 수 있다. 그러나 호이가 처음부터 병원에 가지 못했던 것은 아니다. 강아지 시절에는 병원에 가서 때에 맞게 예방주사도 맞았고, 조금 자란 후에는 입마개를 하고 병원에 가기도 했다. 그런데 호이가 점점 커지고 힘이 세지면서 무는 강도가 달라졌다. 입마개를 하면 병원에 간다는 걸 알고 난 후에는 입마개를 꺼내기만 해도 물었다. 겨우 병원에 간다 쳐도 병원 앞에서 들어가지 않는다고 떼를 쓰고 물어서 고난의 행군이 따로 없었다.

한번은 호이가 산책하다가 다른 개에게 공격을 받아 엉덩이를 물리는 일이 있었다. 얼마나 물렸는지 보고 싶었지만 엉덩이만 보려고 하면 나를 물겠다고 무시무시한 표정을 짓는 통에 '아, 몰라. 아프면 티가 나겠지.' 하고 더는 노력을 하지 않았다. 그때쯤 나는 혼자서는 호이를 케어할 수 없다는 판단 아래 호이의 입질을 고치기 위해 훈련소를 알아보고 있었다. 훈련소 입소 조건은 동물병원에 가서 간단한 검사를 통해 질병 유무를 확인하는 것이었다. 다른 개들과 함께 생활해야 하니 필수적인 부분이라 아무리 병원에 가지 못하는 개라고 해도 피할 수 없는 노릇이었다. 나는 마음을 단단히 먹었다. 이번만큼은 호이를 병원에 데려가 피 검사도 하고 훈련소에 들어갈 수 있게 해 보자고 비장하게 생각하고는 신아와 함께 호이를 데리고 동물병원으로 갔다.

  호이의 무는 습관 때문에 성산읍에 있는 동물병원에는 호이를 데려가지 못했다. 수의사 선생님이 호이를 무서워했기 때문이다. 결국 우리는 집에서 10분 거리의 병원을 놔 두고 한 시간이 넘게 걸리는 제주시 병원에 가야 했다. 한 시간 동안 차를 타고 병원 앞에 도착하자 눈치가 빠른 호이는 안 들어가겠다고 버티기 시작했다. 겨우겨우 들어간 병원에서는 수의사 선생님과 기싸움을 한바탕 벌인 후에야 겨우 마취를 하고 검사를 위한 진료를 시작할 수 있었다. 간단한 검사를 하기 때문에 보통은 마취를 하지 않지만 호이가 기본 검사조차 할 수 없게 흥분하고 막무가내로 입질을 하는 바람에 병원에 가면 무조건 마취를 할 수밖에 없었다.

이런 기회가 흔히 오는 것은 아니었다. 나는 병원에 오고 마취도 한 김에 다른 개에게 물린 엉덩이 쪽을 살펴봐 달라고 선생님께 부탁드렸다. 그때까지만 해도 대수롭지 않게 생각했던 호이의 엉덩이는 생각보다 상황이 심각했다. 호이의 엉덩이는 이빨 자국이 크게 나서 구멍이 나 있고 커다란 가시까지 박힌 채로 썩고 있었다.

의사 선생님은 물린 상처보다 가시 박힌 상처의 괴사가 심각하다며 치료에 들어갔다. 만약 입소를 위해 검사를 하지 않았다면 호이의 엉덩이는 어떻게 되었을까? 생각만 해도 끔찍했다. 무는 개와 사는 건 견주의 위험도 있지만 제때 몸을 체크해 줄 수 없어 개에게도 어려움이 따른다는 사실을 알게 된 계기였다.

그리고 간단한 검사를 하는데도 마취를 해야 한다는 사실도 마음에 걸렸다. 호이와 나 이렇게 평생 살아야 하는 걸까? 나를 위해서도, 호이를 위해서도 이렇게 평생을 지낼 수는 없는데. 나와 호이에게는 문제를 해결해 줄 해답이 필요했다.

실밥을 직접
풀라고요?

호이의 엉덩이 상처로 인해 훈련소 입소는 잠시 미뤄졌다. 호이는 엉덩이에 피부 괴사를 막아 줄 파이프관을 삽관했다. 수의사 선생님은 호이의 성격상 병원에 다시 오기 힘들 테니 일주일 뒤에 집에서 실밥을 풀고 관을 직접 제거하는 것이 좋겠다고 제안하셨다.

'하아……'

그 난리를 치며 간신히 간 병원을 다시 가는 것도 일이었지만, 그렇다고 궁둥이는 쳐다보지도 못하게 하는 호이의 실밥을 직접 푸는 것은 더 무서운 일이었다.

일주일, 오 일, 삼 일, 이틀, 하루…… 호이의 상처가 아물고 실밥을 푸는 날이 다가올수록 나는 엄청난 부담감을 느꼈다. 새벽부터 눈이 번쩍번쩍 떠졌다.

"아, 삼 일 남았어." "이틀밖에 안 남았어." "어떡해, 하루 남았어. 내일이면 호이 실밥을 풀어야 해, 어쩌지?"

아침마다 흔들리는 동공으로 서점장에게 근심을 털어놓았다.

서점장은 차분한 어조로 말했다.

"입마개만 하면 어떻게든 할 수 있을 것 같은데……."

"알겠어. 그럼 내가 입마개를 해 볼 테니까, 그날만큼은 무슨 일이 있어도 다 모여 줘야 해!"

나는 혼자가 아니라는 사실만으로 용기를 얻었다.

디데이가 되었다. 심장이 두근거렸다. 나는 아침부터 호이에게 간식을 주며 알랑방귀를 뀌어 댔다. 그러고는 산책을 가자고 유인해 몸 줄을 차는 줄 알고 있는 호이 입에 입마개를 잽싸게 채웠다. 나는 신아와 서점장에게 SOS를 쳤다.

"호이 입마개 채웠어! 지금 당장 모여!"

신아와 서점장은 이 일이 얼마나 대단한 일인 줄 알기에 하던 일을 멈추고 한걸음에 달려왔다.

"자, 이제 호이를 잘 잡아!"

나는 무릎을 꿇고 호이 엉덩이로 쪽으로 기어갔다. 예상한 대로 일은 간단하지 않았다. 우리는 과도하게 긴장했고, 우리의 긴장감을 동물적 감각으로 눈치챈 호이는 입마개를 한 상태에서도 미친 듯이 날뛰었다.

호이의 비위를 맞추려 꺼내 둔 우유와 참치가 이 소동에 엎어져 바닥은 엉망이 되었다. 호이가 숨을까 싶어 식탁으로 올려 두었던 의자마저 바닥으로 떨어지면서 카페가 아수라장으로 변하던 그때, 서점장이 초크체인을 잡고 호이를 제압했다. 호이는 초크체인이 목을 조여 와도 5분 넘게 반항하다가 어느 순간 체념했다. 나는 가위를 든 채 멍하니 그 장면을 지켜봤다. 이미 신아는 혼이 나가 있었다. 서점장이 "지금이야 빨리!"라고 외치지 않았더라면 신아와 나는 언제까지고 속수무책으로 서 있기만 했을 것이다. 나는 가까스로 정신을 차리고 덜덜 떨리는 손으로 호이 엉덩이의 실밥을 가위로 자르고 삽입되어 있던 관을 제거했다.

"됐어, 됐어! 다 됐어."

엉덩이에 있는 관을 빼느라 무릎을 꿇었던 내가 일어나며 외쳤다.

모든 일이 끝나자 긴장이 한꺼번에 풀렸다. 그제야 호이 엉덩이에 삽입된 한 뼘 크기의 관이 보였다. 너무 큰 상처였다는 걸 다시금 깨달았다. 다행히도 호이의 상처는 잘 아물어 있었다. 우리는 한라산이라도 등반한 사람들처럼 기진맥진했지만 팀플레이에 성공했다는 사실에 긴 안도의 숨을 쉬었다. 우리는 수고했다고 서로를 토닥였다.

호이를 보내고
시인이 되다

 호이의 엉덩이 치료가 끝나자 훈련소에 보내는 날이 점점 다가왔다. 훈련소에 보내려고 검사를 받은 건데도 나는 또 망설이고 있었다. 사랑니를 빼야 하는데, 안 아플 땐 그냥 이대로도 괜찮을 것 같다가 너무 아플 때는 당장이고 치과에 가고 싶은 마음이라면 조금은 비슷할까?

 호이라는 사랑니가 나중에 분명 아플 걸 알지만 지금은 그냥 대충 뭉개고 살고 싶은 기분……. 이런 나의 나약한 마음을 눈치챈 서점장이 단호하게 말했다.

 "호이는 훈련소에 가야 해."

 "그럼, 예약도 했는데 보내야지. 보낼 거야."

나는 반쯤 영혼이 나간 채로 대답했다.

호이를 드라이브 가자며 차에 태워 송당에 있는 훈련소에 도착했다.

소장님을 면담하며 나는 그 전날 써둔 쪽지를 함께 드렸다.

<u>고쳤으면 하는 점</u>

· 먼저 다가와 반가워해 주지만 머리를 만지면 가차 없이 뭅니다.

· 병원에 가지 못하고, 마취 없이 치료가 불가능합니다.

　※ 사람들이 만져도 물지 않는다면 좋겠고,

　　병원에도 수월하게 다닐 수 있었으면 좋겠습니다.

<u>그 외 특이사항</u>

· 잘 때 옷가지나 이불을 입에 뭅니다.

· 좋아하는 사람이 오면 자신의 소중한 것(이불 또는 뼈다귀)를

　물고 옵니다.

<u>알아듣는 사인(sign)</u>

· 앉아, 손, 반대쪽 손, 엎드려, 기다려, 턱, 손뼉, 공, 산책, 안 돼, 안녕,

　참치, 우유 등등을 알아듣는 훈련은 잘되어 있습니다.

이렇게 적어 가는 사람은 네가 처음일 거라며 친구들은 웃었지만 훈련소에 도착하면 소장님과 많은 대화를 하지 못하고 나올 것 같았기 때문에 준비를 해 간 것이다. 아니나 다를까 개들이 짖어대고, 프로그램이 한창이라 훈련소 분위기상 이야기를 오래 나눌 수 없어서 적어 간 쪽지를 전해 드렸다. 나는 울지 않으려 애를 쓰며 그대로 돌아 나왔다. 나와서 보니 신아가 찍은 사진에 호이가 울면서 훈련소 문을 긁는 장면이 담겨 있었다. 덤덤한 척 하며 집에 돌아왔으나 미우나 고우나 나의 개, 호이를 못 본다고 생각을 하니 기분이 너무 울적해졌다.

그렇게 집에 돌아온 나는 호이의 빈집을 보고 울고, 호이의 이불을 빨면서 울고, 호이의 목줄을 보면서 울었다. 그러다가 호이를 향한 그리움의 병세가 짙어져 호이를 향한 시를 쓰면서 또 울었다. 그 모습을 보다 못한 서점장이 호이는 한 달 뒤에 볼 거고, 석 달 뒤면 나올 건데 왜 그렇게 우냐고 너무나 이성적으로 말해서 '어쩌면 그렇게밖에 말을 못하냐고' 서운해하며 나는 또 울었다.

호이가 버림받았다고 생각할까 봐 그게 그렇게 마음이 아팠다. 나는 너무 슬픈 나머지 호이에게 감정을 이입하며 시를 남겼고, 그 시는 지금까지 서점장의 웃음거리이자 놀림거리로 남았다. 그때 쓴 시를 여기에 적어 본다. 지금 보면 오글거리지만 그때 내 심정은 100프로 궁서체라는 것만 명심하자.

찬 공기

낯선 내음

모서리 한구석

둥글게 몸 말고

언제 오나, 언제 오나

하염없이 기다릴

너를 걱정

개 엄마는
룰 브레이커

일단 훈련소에 입소하면 훈련의 집중도를 높이기 위해 견주와는 한.달.간.면.회.금.지.다.

"훈련소를 나오면 호이는 '안' 무는 개가 될 텐데 1년도 아니고 고작 한 달을 못 견디겠어? 하하하하."

나는 사람들 앞에서 호기롭게 웃었지만 호이를 보내고 난 뒤 상사병의 병세는 점점 깊어지고 있었다.

호이가 있는 훈련소는 내가 사는 곳과는 차로 30분쯤 떨어진 곳에 있었는데, 괜히 드라이브 코스를 그쪽으로 잡아 보이지도 않는 호이를 본다고 그 앞을 서성이며 그리움을 달래기도 했다.

호이가 없는 집은 생각보다 훨씬 쾌적했다. 개털도 날리지 않았고, 호이 차지가 되어 없애 버렸던 화장실 발매트도 다시 깔 수 있었다. 배변패드를 비롯한 호이의 짐들을 하나둘 정리해서 한쪽으로 치우니 공간도 넓어졌고, 매일 산책하고 발에 묻혀 들어왔던 흙먼지도 없으니 청소도 매일 하지 않아도 될 만큼 청결함이 유지됐다. 전반적으로 사람이 살기 좋은 집이 되어 가고 있었다.

'뭐야? 개를 안 키우는 사람들은 이렇게 쾌적한 공간에서 살고 있었던 거야?'

조금 억울한 생각마저 들었다. 할 일은 반으로 쑥 줄어 내 시간이 늘고, 집이 쾌적해졌는데도 호이를 향한 그리움은 커져 갔다. 그리움을 견디지 못한 나는 급기야 극단적인 생각까지 하고야 만다.

'한 달? 한 달을 못 본다고? 그건 다 그쪽에서 마음대로 정한 룰이잖아. 내 룰은 달라! 난 호이를 보고 말 거야!'

호이를 맡긴 지 19일째 이르자, 나는 자아분열을 일으키기 시작했다. 나는 내 이성과는 상관없이 몸을 움직였고, 내 몸은 이미 차를 몰고 훈련소 앞에 주차를 해 버린 상태였다.

하지만 조금의 이성과 양심은 남아서 차에 앉아 무엇이 호이를 위한 길인가 차분히 생각했다. 그러나 이미 엎질러진 물. 호이는 평소에도 내 차 소리를 기억해 외출했다가 집 앞에 도착할 때마다 반가운 마음에 하울링을 하곤 했다. 그런 호이가 내 차 소리를 들었는지 훈련소 안에서 울부짖기 시작한 것이다. 그 소리를 들은 나는 집으로 가지도, 그렇다고 훈련소에 연락하지도 못한 채 차에서 안절부절못하고 있었다. 그렇게 10여 분쯤 지났을 때 다른 개의 견주가 면회를 왔다. 나는 냉큼 차에서 내려 그분의 뒤에 바짝 붙었다. 약속된 면회자를 맞으러 나온 소장님은 나를 보며 놀랐고, 나는 멋쩍어하며 씨익 웃음으로 때웠다. 소장님은 별수 없었는지 나에게 들어오라고 했고, 나는 한 달을 열하루 남겨 두고 호이를 만날 수 있었다.

호이는 나를 보자마자 큰 눈을 더 크게 뜨고 반겨 주었다. 나 역시 호이를 보러 오기 잘했다고 생각하며 호이를 마구 만져 주려는 찰나, 눈앞에서 믿을 수 없는 광경이 펼쳐졌다. 나를 보며 반가워하던 호이가 나를 두고 금세 소장님을 따라 저 멀리 가버린 것이다. 소장님만 졸졸 따라다니는 모습이 꼭 사또 옆에 붙은 이방 같기도 하고 촉새 같기도 했다. 그 모습에 나도 모르게 웃음이 났지만 그보다 마음 저편에서 올라오는 배신감! '내가 널 보고 싶어서 울고불고 시도 쓰고 그랬는데 어떻게 이럴 수 있냐!'라는 말이 입 밖으로 튀어나올 뻔했다. 걱정보다는 적응을 훨씬 잘한 것 같아 보여 다행이라는 생각이 들었지만, 마음 저 끝에서 올라오는 서운함을 어찌 설명할 수 있을까? 그렇게 호이를 지켜보다가 오래 있으면 실례가 될 것 같아 다음에 다시 오겠다고 말하며 훈련소를 나오는 길.

"호이야 잠깐 동안이지만 반가웠어. 다음에는 신아 이모랑 호이가 무서워하는 서점장이랑 다 같이 올게. 간식 많이 싸서 올 테니 훈련 잘 받고 있어."라는 말 대신 나는 배신감에 차서 "호이는 여기서 그냥 쭉 살아. 엄마는 갈 거야."라고 퉁명스레 인사했다. 이렇게 널 본 것만으로 됐다며 스스로를 위로하면서. 그리고 이제는 더 이상 울지 않으려고 했는데……. 소장님 꽁무니만 따라다니다 내가 간다고 하자 그제야 울고불고 하는 너를 보며 나는 또 울고 말았다.

#응? #좋아보인다너 #의외로훈련소체질

당연한 것은
아무것도 없다

당신이 키우는 개가 무는 개라면? 「TV 동물농장」에 나오는 남의 이야기가 아니라, 심사숙고 끝에 키우게 된 '나의 개'가 무는 개라는 걸 알았다면 당신은 어떤 선택을 하겠는가? 선뜻 파양이나 유기를 말하는 사람은 없을 줄로 안다. 그러나 거리에는 넘쳐 나는 유기견이 있고, 보호소에는 이런저런 이유로 파양이 된 개들로 가득하다.

나의 경우 파양이나 유기라는 단어는 한 번도 생각해 보지 않았다.

개를 키우는 건 생각처럼 간단한 일이 아니다. 강아지 시절의 귀여움에 반해 키운다거나 사람의 외로움을 달래기 위해 키워서도 안 된다. 개들의 수명은 15년 이상이기 때문에 반려견과 함께 살려고 마음먹었을 때는 자신의 현재 나이에 15년 정도를 더해 보고 그 순간까지 키울 자신이 있다면 그때 개를 키워야 한다. '에이, 뭐가 그렇게 거창해요?' 라고 생각한다면, 그 생각이 '에이, 뭐 개를 버릴 수도 있지.'라는 생각 으로 이어질 수 있다는 것을 생각해 봤으면 한다.

게스트하우스에 온 게스트 중에서 종종 비글을 키웠다는 사람들을 만날 때가 있다. 같은 종의 개를 키웠다는 반가움에 지금도 키우느냐고 물어보면 열 명 중 네 명 정도는 과거에 키웠는데 너무 감당하기 힘들 어서, 이사를 가게 되어서, 결혼을 하게 되어서, 아기가 태어나서 등의 이유로 개를 부모님이 사는 시골에 데려다줬다거나, 자신보다 더 잘 키 운다는 친구에게 줬다는 하는 말을 아무렇지 않게 한다. 개를 포기하는 사람은 멀리 있지 않다. 내 친구일 수도 있고, 내 이웃일 수도 있다.

나 또한 처음부터 개에 대해 잘 알고 지낸 것은 아니다. 어렸을 때부 터 개를 키웠지만 '무는 개 호이'와 살아가며 새로운 걸 배워 가는 중이 고, 호이를 통해 개는 내가 생각하는 것처럼 단순하지 않다는 것을 알 아 가고 있다. 처음부터 당연한 것은 없다. 그렇지만 알아 가면 된다. 한 번 선택한 나의 개는 버리면 안 된다는 것을 알아 가면 되고, 무슨 일이 있어도 책임져야 한다는 것을 알아 가면 된다. 개에게는 나보다 좋은 견주는 없다는 것을 알아 가면 되고, 그게 설령 무는 개일지라도 견주 로서 최선을 다해 함께 살아가야 한다는 것을 알아 가면 된다.

개 양육방식의
온도차

30년을 다르게 살아온 사람이 삶을 합친다는 건 어려운 일이다. 결혼 이야기냐고? 아니, 나의 룸메이트 서점장과 사는 이야기다. 나는 제주에 와서 신아와 2년 6개월을 살았고, 신아가 독립할 때쯤 잡화점을 열기 위해 제주로 온 서점장과 3년째 같이 살고 있다. 서점장도 서점장이지만 신아와 처음 살 때도 의견 차이가 많았다. 특히 호이를 키울 때 그랬다.

처음 호이를 데려왔을 때 나는 게스트하우스 카페에 풀어놓고 자유롭게 키우려고 했다. 그러나 게스트가 문을 열고 들어오다 그 틈에 호이가 나가는 일이 잦아지면서 호이를 카페 한쪽에 묶어 두고 키우기로 했다. 몸이 묶이자 호이는 자기 입이 닿는 곳에 있는 물건들을 물어 뜯으며 파괴하기 시작했다. 성격이 점점 포악해졌고, 자기 마음대로 안 되면 나를 물었다. 이러다간 게스트도 물 수 있겠다 싶어 주방 근처에 묶어 두었는데, 여기까지 결정하는 데까지 신아와 나의 의견이 달라 그 과정 중에 감정이 상하기도 했다. 이 과정을 반복한 끝에 결국 신아의 말대로 호이를 게스트가 보지 못하는 주방 쪽에 묶어 두게 되었다.

　나는 언제나 사람이 피곤하더라도 개에게 스트레스를 주지 말자는 쪽이었고, 신아는 며칠 개가 적응하느라 힘들겠지만 결국에는 사람이 편한 환경을 만들자는 쪽이었다. 감성과 이성의 충돌이었다. 사실 냉정하게 말하면 이성적인 신아의 의견이 맞았고, 감성적인 내 의견은 개를 키우는 시스템을 구축하는 데 걸림돌이 되기 일쑤였다.

　주방에서도 방해가 되기 시작하자, 호이는 결국 방으로 쫓겨 들어갔다. 방에 혼자 있기 싫은 호이는 울고불고 문을 발로 밀어 열면서 아주 제멋대로 굴었다. 호이를 혼자 둘 수 없던 나는 호이와 함께 있다가 정작 게스트를 맞이하거나 게스트를 서브해야 할 일을 하지 못했다. 호이는 호이대로 성격이 점점 나빠지는 것 같아 나는 마음을 졸였다. 힘 넘치는 호이를 잠잠하게 하기 위한 대책이 필요했다. 그렇게 시작한 것이 게스트들이 입실하는 5시 전에 한 시간 동안 산책을 시켜 호이의 힘을 빼 두는 것이었다.

그런데 마침 나는 무릎 수술을 하는 바람에 호이 산책을 시킬 수 없었다. 호이의 산책까지 신아의 몫이 되자, 나의 육아 참여도는 점점 더 낮아지기 시작했다. 마음만 약해 '오냐오냐' 키우는 나의 양육방식이 개를 키우는 데 별 도움이 되지 않는다는 걸 깨우치게 된 나날들이었다.

호이가 세 살이 되던 해 신아가 독립을 했다. 그 후 서점장이 슬로우트립 2분 거리에 있는 'B일상잡화점'을 운영하게 되면서 나와 호이와 함께 살게 되었다. 호이의 주도권을 잡던 신아가 나가자 이제는 내가 호이의 중심이 되어 잘 키우는 일만 남았다고 생각했다. 그런데 서점장이 오니 동물들이 서열 정리를 하듯 모든 것을 처음부터 다시 시작해야 했다. 슬로우트립의 게스트였다가 친구가 된 서점장은 신아와 나와 함께 『당신도 제주』라는 책을 같이 쓰면서 제주에 자주 왔기 때문에 호이를 누구보다 잘 아는 사람이었다. 호이가 서점장의 지갑이나 시계를 물어뜯기도 하고, 때로는 물려고도 했기 때문에 호이의 성격을 누구보다 잘 알고 있기도 했다. 그러나 친구로 왔을 때의 서미정과 집에서 함께 사는 하우스메이트로서의 서점장은 마치 다른 사람 같았다.

서점장은 호이의 양육에 있어 신아보다 더 엄격했다. 신아도 그렇고 서점장도 그렇고 개를 키워 본 경험이 없어서 그런지 개의 입장보다는 사람의 입장에서 어떻게 살아야 편리한가를 생각하는 이성적인 사람들이었다. 반면 개를 오래 키웠지만 예뻐할 줄만 알았던 나는 오히려 개와 사는 환경에서는 개에게 많은 것을 양보하는 쪽이었다. 아이를 키울 때도 혼내는 엄마가 있고 달래 주는 아빠가 있듯 역할을 나눌 수 있다면야 좋겠지만 그게 사실 말처럼 쉽지는 않았다. 내 눈에 그 당시의 서점장은 그저 호이를 미워하는 사람처럼 보였다.

시간이 흐르고 그때의 감정들이 걷히면서 결과적으로 사람에게 좋은 방법을 선택하는 것이 지치지 않고 반려견과 오래 사는 방법이라는 것을 깨닫는다. 지금도 신아나 서점장에 비하면 물러터졌지만, 몇 년 전의 나와 비교하면 나는 그나마 많이 냉정해진 편이다. 지금의 호이와 호삼이의 교육에 큰 공헌을 한 신아와 서점장 두 사람에게 이 자리를 빌려 무한한 감사 인사를 전한다.

#셋이합의좀하라개 #피곤하다개

우리 같이
살 수 있을까?

내 친구 중에도 사람 무는 개를 키우는 이가 있다. 그 개는 호이와는 다르게 식구들은 물지 않는다. 나도 한 번 물릴 뻔한 적이 있어서 무척 사나운 개로 봤는데, 그 개는 타인에게만 사납고 가족에게는 관대했다. 친구는 조카가 생기자, 아이와 개가 함께하는 사진을 SNS에 올리곤 했는데, 막 걸음마를 시작한 아이가 개의 털을 잡아당기거나 힘 조절을 못해 거칠게 만져도 개는 물기는커녕 좋은 친구처럼 보였다.

많은 무는 개들이 호이 같지 않다. 친구 집 개처럼 타인은 물지라도 주인은 물지 않는다. 그렇게 가족을 아는 개라면 최대한 외부 요소를 차단하면 되니까 같이 사는 게 수월할 수도 있다. 그러나 호이는 다르다. 가족이라는 개념 없이 천상천하유아독존 그 자체고, '나의 비위를 건드는 자 무사치 않으리라!'라는 마음으로 사는 개였다. 다행히 나나 신아는 호이와 오랜 시간을 함께 보낸 끝에 호이의 패턴을 어느 정도 파악해 간신히 물리지 않고 지낼 수 있던 터였다.

그런데 문제는 생각지 못한 곳에서 발생했다.

주말이라고 친구들을 집으로 불러 모아 신나게 놀고 모두들 돌아간 밤 11시, 집 정리를 하고 씻을 준비를 하는 시간에 호이는 화장실에서 씻고 나온 서점장의 손을 덥석 물었다. 길목에 누워 있던 호이에게 집에 들어가라는 말을 하자 순식간에 손을 문 것이었다. 씻을 준비를 하며 텔레비전을 보던 나는 너무 놀라 말리지도 못하고 어버버 하는 동안 서점장의 손에서는 피가 흐르기 시작했다. 너무 당황한 나는 서점장 손부터 살피려는데, 정작 서점장은 당장 호이를 혼내지 않고 자리를 뜨면 호이가 뭘 잘못했는지 모른다며 초크체인을 잡고 호되게 호이를 혼내고 있었다. 손에서는 피가 뚝뚝 떨어지는데도 서점장은 통증을 전혀 느끼지 못하는 것 같았다.

서점장에게는 미안하지만, 그때 나는 적당히 좀 혼내라고 소리치고 싶었다. 이제 그만하고 병원에 가자고 해도 서점장은 마치 맹수와 기싸움을 벌이듯 흥분한 호이를 끝내 제압하고, 호이를 손, 턱 등 복종 훈련까지 마치고서야 병원에 가겠다고 일어났다.

일요일이었고, 밤 11시가 넘은 시간이었다. 서점장은 호이를 제압하기는 했지만 화가 풀리지 않는지 몸을 부들부들 떨었다. 그런 서점장을 싣고 한 시간 거리에 있는 병원으로 가는 길은 너무 멀게만 느껴졌다. 응급실에서 상처 부위를 바로 꿰매지는 않았다. 개에게 물리면 병균이 남기 때문에 소독만 하고 다음 날 다시 병원에 방문해야 했다.

대소동은 거기서 끝이 아니었다. 그러고 나서도 서점장은 호이에게 한 번 더 물리는 일이 있었다. 억울하고 화가 난 서점장은 병원 가는 길 내내 울다 비장하게 말했다.

"나 호이랑 도저히 못 살겠다!"

#나도같이살기싫다개 #독립할거라개

호이를
호이 그대로

서점장이 응급실에서 치료를 받는 모습을 보고 나는 병원 밖으로 나왔다. 마침 육지에 간 신아에게 전화를 걸었다. 익숙한 목소리를 듣자 긴장감이 풀려서인지 목소리가 떨리다 급기야 눈물이 줄줄 흘렸다.

신아와 살 때는 일어나지 않던 일이 왜 일어나는 걸까? 왜 서점장은 이렇게 호이에게 크게 물리는 걸까? 서점장은 호이를 원망했겠지만 나는 사실 서점장을 원망하고 있었다. 이제 더 이상 호이와 못 살겠다고 선언까지 해 버렸으니 나의 고민은 더욱 커져 갔다. 원룸을 구해서 따로 살아야 하나? 동업은 계속할 수 있을까? 이대로 육지에 간다고 하지는 않을까? 개 때문에 사업도, 삶도 이렇게 흔들리다니……. 나는 너무 슬퍼 눈물을 흘렸다.

 며칠이 지났다. 각자 가지고 있던 감정들을 추스르고 서점장과 나는 호이 문제에 대해 이성적으로 진지하게 이야기를 나눴다. 이제 막 'B일상잡화점'을 차린 상태라 월급도 불안정하고, 근처에 다른 집을 구할 만큼 여유도 없었다. 호이가 싫다고 해서 나가서 살 수 있는 환경이 아니라는 걸 인정하고, 같이 살 방법에 대해 우리는 현실적인 이야기를 나눴다. 나는 서점장에게 호이는 우리의 말을 잘 알아듣기는 하지만 결국에는 '짐승'이라는 것을 강조했다. 그러니까 제발 같이 흥분하지 말고 무한 반복하자고, 호이는 조금 느린 개이고, 다른 개라는 걸 인정하자고 설득했다. 서점장은 모두 동의하는 눈치는 아니었지만 어쨌거나 내 말을 받아들이는 듯했다. 물론 그 후로도 호이랑 같이 사네 못 사네 하는 이야기가 오고 가긴 했지만 우리는 여전히 호이를 호이 그대로 받아들이는 연습을 하며 한걸음씩 나아가는 중이다.

 그렇다고 서점장과 호이와 보내는 시간들이 늘 위험천만한 것은 아니다. 입질을 제외하면 다른 개와 다를 바가 없다. 호이를 안고 잘 순 없지만 곁에서 낮잠을 잘 수는 있고, 호이를 안아 올릴 순 없지만 본인의 마음 내킬 때는 무릎 위로도 올라온다. 같이 산책을 가고, 오름에 오르고, 집에서 일상을 보내고 있으면 개와 함께 사는 행복감이 차오른다.

 호이랑 못 살겠다고 했던 서점장은 사실 호이와 콤비플레이가 뛰어

나다. 제주에 살기 전에는 주말마다 이곳에 놀러 와 호이를 산책시키기도 하고, 호이에게 턱, 코, 기다려 같은 명령어를 입히거나, 음식을 같이 나눠 먹었다. 그런 사진들을 찍으면 '#오늘도콤비'라는 태그를 붙여 인스타그램에 올리는데, 그 검색어로만 봤을 때 세상의 절친도 그런 절친이 없는 것이 또 아이러니다.

어느 날 문득

잠이 오지 않는 밤이면 호이를 데리고 왔을 때부터 기록해 둔 블로그를 본다.

"품에 넣고 다닐 때도 있었는데 언제 이렇게 컸지?"

"아이고, 발 좀 봐. 이때 참 귀엽고 예뻤는데."

"그래, 이때에 비하면 지금은 진짜 말을 잘 듣는 거야."

"와! 이때 이빨이 막 뾰족하던 때라 물면 진짜 아팠는데."

곁에 있던 서점장에게 호이 이야기를 한참 늘어놓다가 문득 이런 생각이 들었다.

호이의 형제들은 어떻게 되었을까?

마지막까지 '호이의 자리'를 두고 접전을 폈던 꼬바는 입양을 가서 전기요 코드를 물어뜯다 감전사로 무지개다리를 건넜다는 소식을 들었다. 호이와 무늬만 다르고 덩치도 생김새도 비슷했던 다른 형제는 같은 마을로 입양을 갔다가 그 집의 가족들이 이민을 가는 바람에 다시 본가로 왔다가 다른 집에 재입양되었다고 했다. 수컷 쪽에 잘생김을 담당하는 호이가 있었다면 암컷 쪽에는 미모를 담당했던 혜교가 있었는데, 본가에 남아 한참을 사랑받다 짝짓기 철에 집을 나가 찾지 못했다고 한다. 나머지 형제들의 소식은 정확하게 알지 못하지만 호이의 형제 중에 실험견이 된 경우도 있다고 했다. 같은 날 태어났어도 개들은 견주를 어떻게 만나느냐에 따라 이렇게 견생이 달라진다. 그 생각을 하면 마음이 무거워진다.

　그러다 우리 호이에게 생각이 가닿는다.

　무는 개.

　아니, 어렸을 땐 무는지 몰랐던 개. 그 귀여움에 분명 어디로든 입양을 갔을 개. 호이의 무는 습성을 알면 끝까지 책임질 사람이 얼마나 있었을까 생각하니, 한편으로는 지지고 볶고 살아도 30대의 나라서, 너의 에너지를 실컷 풀어 줄 들판이 널린 제주라서, 널 맡아 주고 훈련 시켜 줄 훈련소가 있어서, 미우나 고우나 해도 널 예뻐해 주고 이해해 주는 신아와 서점장이 있어서, 그렇게 호이가 나에게 와서 다행이라는 생각이 든다.

내가 이런 심오한 생각을 하는 동안 호이는 세상 걱정 없이 잘 자고 있다. 그래 앞으로도 지금처럼 지내자. 여기서는 널 위험하게 할 게 아무것도 없으니 긴장하지 않아도 되고, 몸을 쭈욱 펴고 자도 되고, 배를 다 보여 주고 잠을 자도 된다고.

"열 마리 중에 왜 하필 이런 놈이 온 거야!"

"제주도라서 참았어. 육지면 벌써 반품했을 거야."

이런 말을 종종 했지만, 열 마리 중에 호이가 너라서 고마워. 개라면 주인을 무조건 좋아하고 애교를 피우는 게 아니라, 이렇게 주인 속도 썩이고, 때로는 물기도 하고, 제멋대로 굴면서 심지어 뻔뻔하기까지 한, 그런데 그게 하나도 밉지 않은 너라는 세상이 존재한다는 걸 알려 줘서 고마워.

앞으로도 우리 잘해 보자, 호이야!

호이가
소중한 만큼

아이를 낳으면 새로운 세상이 열린다고 한다. 그래서 이웃집 아이들도 내 아이처럼 예쁘고 사랑스러워진다고 들었다. 개의 경우도 마찬가지다. 우리 집 개가 예쁘면 거리에서 만나는 길멍이, 길냥이들도 그냥 지나치지 못하고 관심을 가지게 된다.

슬로우트립에 찾아오는 고양이 히끄히끄, 꺼므꺼므, 줄무줄무의 밥을 주기 시작하면서 동네 떠돌이 개들도 고양이가 남겨 둔 사료를 먹으러 오기 시작했다. 잡식성인 개는 고양이 사료를 먹어도 괜찮지만, 하루에 한끼라도 제대로 된 사료를 먹는 게 좋을 것 같아서 개 사료도 따로 구입했다. 쓰레기통을 뒤지지 말라는 단순한 생각에서 시작된 '길냥이 식당'이 그렇게 '길멍이 식당'으로까지 확장되었다.

길 위의 생명들은 동물적인 감각으로 자신에게 이로운 사람인지 해로운 사람인지를 구별해 내는 능력이 있다. 공식적으로 개 사료를 주기 전부터 우리 집은 동네 개들이 모여들었다. 지나가는 동네 분들은 그 광경을 보며 집에 개들이 오면 좋을 거 없다고 '쉭쉭' 소리를 내 쫓기도 했고, 나에게 개들을 예뻐하지 말라는 충고를 하기도 했다.

하지만 동네 어르신들의 우려와 달리 개들을 아무리 예뻐하고 싶어도 예뻐할 수가 없었다. 우리 집을 찾아오는 개들은 사람들에게 갖은 구박을 당했는지 사람과는 늘 일정거리를 유지했고, 눈치를 보며 밥을 먹었다. 그중에는 '밀땅이'라고 이름 지어 준 개가 있었다. 아무리 친해져도 사람과의 거리가 1미터 이상 줄어들지 않아 '밀고 당기기의 고수'라는 뜻으로 지은 이름이었다. 밀땅이는 4년 넘게 게스트하우스를 찾아와 밥을 먹는 단골손님이었다.

주인이 동네 어딘가에 있다는 소리는 들었지만, 주인과는 안 좋은 기억이 있는지 집에 들어가지 않고 떠돌이 생활을 자처하던 터였다. 처음에는 경계심이 심해서 밥을 먹을 때도 몇 번을 도망쳤다가 다시 오기를 반복하며 한 끼를 겨우 먹었는데, 점점 마음의 문을 열더니 우리 집 마당에서 낮잠을 자기도 하고, 호이와 산책을 하면 조용히 뒤를 밟으며 같이 산책을 즐겼다.

예쁜 발바리 밀땅이의 경계가 최고조로 풀린 날에는 게스트하우스 카페로 들어와 잠시 쉬기도 했다. 길 생활이 쉽지는 않은지 어떤 날은 다리를 절룩거리며 나타나기도 했다. 치료를 해 주고 싶어도 사고 후 사람에 대한 경계가 더 심해져 어떤 치료도 해 줄 수 없었다. 그래도 또 시간이 지나면 괜찮아지기도 해서 불사조라는 별명도 지어 줬는데, 한 해 한 해 시간이 지나 4년째가 되니 오른쪽 눈마저 다치고 체력이 급격히 나빠지더니 급기야 목에 큰 상처가 생긴 채로 돌아다녔다.

제주도는 종종 목줄 없이 돌아다니는 개들을 포획해서 개체수를 조절하는데, 밀땅이도 잡혔다가 도망친 모양이었다. 목에 깊은 상처가 나서 안쓰럽다고 생각했는데 그 후로 얼마 뒤부터 보이지 않았고, 벌써 1년이 지났는데도 밀땅이를 보지 못했다.

밀땅이는 동네 어귀 다른 집에서는 제돌이로 불리며 우리 집을 포함한 제주로 이주해 온 이주민들의 돌봄을 받으며 지냈다. 종종 그 분들을 만나서 이야기를 나눠 보면 잡히기만 하면 키우고 싶다고, 너무 안쓰럽다고 말씀을 하는 경우도 있었다. 나도 밀땅이가 더 다가왔다면 키울 용의가 있었으니까 그 마음을 누구보다 잘 알고 있다.

허나 이름 탓이었을까?

밀땅이는 사람에게 여러 번 상처 받은 후로 마음을 굳게 닫았고 어느새 우리의 눈에서 영영 사라졌다.

나는 밀땅이의 슬픈 최후를 생각하고 싶지 않다. 밀땅이는 길 위에 있었지만 그 누구도 허락하지 않는 도도함이 있었고 발걸음은 우아했다. 마지막까지 자유롭게 불꽃같이 살다간 불사조 밀땅이. 그 멋진 걸음으로 당당하게 무지개다리를 건너갔을 거라 믿는다.

호이를 키운 이후로 거리의 모든 개들이 안쓰럽고 딱하게 보인다. 그 것을 지켜보는 일은 괴롭지만 나는 남은 생 역시 길 위의 동물들과 교감하고 관심을 가지며 살 것이다. 밀땅이가 떠난 자리에는 제2의 밀땅이인 맘구맘구, 황구황구, 기누모 등 주인이 있었으나 방치된 많은 제주의 개들이 그 자리를 대신하고 있다. 나는 그들에게 사료를 주고 목을 축일 수 있게 물도 주고 따스한 말과 손길도 건네지만, 그들은 여름을 넘기지 못하고 이내 사라져 갔다.

#줄무줄무

#밀땅이

#라떼떼떼

#민소히끄 #뉴규뉴규 #줄무줄무

#호호브로와오조리떠돌이들

#검댕이

어쩌다
주운 개
호삼

이름 **호삼**
성별 ♂
고향 **오조리**
출생 **2015년 10월**

좋아하는 것

엄마랑 형이랑 매일 두 번씩 가는 산책,
한 번도 잡아 보지 못한 꿩 쫓기,
게스트들의 다정한 손길, 터그 놀이,
목줄 없이 달리기, 호이 형,
간식으로 주는 사슴정강이뼈

싫어하는 것

호이 형아가 예쁨 받는 것,
집에 혼자 남겨지는 것,
산책 때 꼭 지나야 하는 데크 다리,
비오는 날의 산책, 채소 간식

하룻밤만 자고
주인을 찾아보자

　11월 제주도는 육지보다 추위가 늦게 찾아온다지만, 비가 며칠째 내리다 보니 점점 겨울에 가까워지고 있었다. 나는 훈련소에 있는 호이가 춥지는 않은지 걱정하며 하루하루를 보냈다. 그러던 어느 날, 서점장이 개 한 마리를 들고 나타났다.

　"응? 무슨 개야?"

　서점장에게 물었지만 집을 잃고 돌아다니는 강아지라는 걸 알아차리는 데는 그리 오랜 시간이 걸리지 않았다.

　"잡화점 문을 닫으려는데 갑자기 이 개가 거짓말처럼 내 뒤에 있었어. 비도 오고 날도 어두워져서 일단 데려온 거야."

"왜 데려왔어? 그런데 리트리버 새끼 아니야? 되게 예쁘다."

큰소리를 쳤지만 내 눈은 이미 강아지의 귀여움에 빠져들고 있었다.

11월의 제주 밤은 너무나도 빨리 찾아온다. 어둡고 추운 길로 새끼 강아지를 다시 내보내는 것은 너무 가혹한 일이었다. 일단 강아지를 재우고 내일 주인을 찾아보기로 했다. 그렇게 우리는 강아지를 집 안으로 들였다.

회색빛이 도는 눈에 작아도 너무 작은 몸집을 보니 아직 엄마 젖을 떼지도 않은 것 같았다. 작디작은 강아지를 위해 일단 우유를 따듯하게 데워 급한 대로 호이 밥그릇에 부어 주었다. 강아지는 종일 굶었는지 허겁지겁 우유를 먹었다. 강아지의 배가 빵빵해지자 밥도 먹였겠다, 감기에 걸리기 전에 젖은 몸을 씻어 주기로 했다.

세면대에 쏙 들어갈 만큼 몸집이 작은 강아지는 너무나도 순해서 목욕을 시키는 동안 한 번도 울지 않고 얌전히 있었다.

"이 강아지 밖에 오래 있었나 봐. 아무리 씻겨도 몸에서 검정 흙이 자꾸 나오네."

서점장이 강아지를 목욕시키며 말했다. (그것은 나중에 안 일이지만 흙이 아니라 개벼룩이었다.) 목욕을 다 한 강아지를 받아 이번에는 내가 드라이를 시켰다. 소리가 제법 시끄러웠을 텐데 강아지는 피곤했던지 드라이를 하는 중에 잠이 들었다.

빗속을 헤매느라 얼마나 지쳤을까? 안쓰러운 생각에 일단 급한 대로 플라스틱 바구니에 담요를 모아 강아지가 잘 공간을 만들어 주고, 책장 한 칸에 프라스틱 바구니를 밀어넣었다. 강아지가 너무 작아 그 공간마저 크게 느껴질까 싶어 인형도 하나 넣었다.

'꿈에서라도 잃어버린 엄마라고 생각하고 오늘 밤은 푹 자렴……. 내일이면 우리들이 네 엄마를 찾아 줄게.'

그렇게 누렇고 귀여운 작은 강아지는 호이가 없는 우리 집에서 하룻밤을 묵게 되었다.

#호삼이와의첫만남

#내눈에는리트리버같은데

#진돗개인가

작은 발로 넌
어디서 **온 거니?**

호이 이후로 아주 작은 생명체가 다시 우리 집에 왔다. 새벽에 깨진 않을까, 일어나서 방에 쉬를 하지 않을까 걱정이 돼 호이가 온 첫날처럼 작은 강아지 곁에서 밤을 보냈다.

잠깐이지만 이름을 지어 주고 싶었다. 뭐가 좋을까? 고민 끝에 서점장과 내가 운영하는 'B일상잡화점' 앞에서 주었으니 앞 글자를 딴 '비'에 호이의 '이'를 따서 '비이'라고 불렀다. 그런데 "비, 비 이리와." 해 보니 영 입에 붙지 않았다. 우리가 키울 것도 아니고 주인을 찾아 주는 잠시 동안 부를 이름이라 호이(호2) 동생 호삼(호3)으로 부르기로 했다. 막부를 이름은 이렇게 촌스러운 법이라며 우리는 한바탕 웃었다.

졸지에 호삼이라는 이름을 가지게 된 강아지는 자고 일어나 보니 더욱 작고 귀여웠다. 잠에 깬 강아지를 혼자 둘 수 없어 게스트하우스 카페 운영 시간에 같이 있었는데 너무 작아서 앞치마 주머니에도 들어갈 정도였다. 잠에 덜 깬 부스스한 얼굴, 보송보송한 털, 모든 동물이 새끼 시절엔 예쁘겠지만, 호삼이는 그중에서도 특히나 예뻤다.

'네가 예쁜 만큼 너를 잃어버리고 슬퍼할 사람이 있을 거야. 이제 주인을 찾아보자.'

그때까지만 해도 우리는 호삼이의 주인을 찾아 줄 수 있다는 생각으로 가득 차 있었다. 제일 먼저 이 작은 강아지가 걸어올 수 있는 주변을 시작으로 강아지를 낳은 곳이 없는지 돌아다녀 보았다. 집집마다 개를 키우는 곳은 많았으나 최근에 새끼를 낳은 곳은 없었다. 잡화점 앞에서 발견됐으니 잡화점 문에 "강아지 주인을 찾습니다."라는 문구도 적어 두었다. 하지만 하루가 지나고 이틀이 지나도 아무런 연락이 없었다. 지금은 호이가 훈련소에 가서 호삼이를 잠시 데리고 있을 수 있지만 더 길어지는 건 곤란했다. 마을 리사무소에도 문의를 해 두고 동네 분들에게 물어봤지만 호삼이가 어디서 왔는지 알 수 있는 길은 없었다.

그렇게 며칠이 흘렀다. 호삼이는 주머니에 쏙 들어올 만큼 작았지만 에너지가 대단했기에 호이가 없어 잠시 멈췄던 산책을 호삼이와 함께 할 수 있었다. 2킬로미터가 넘는 산책 구간을 호삼이는 쉬지도 않고 달렸다. 내 보폭에 지지 않으려 앙증맞은 네 발로 열심히 따라오는 호삼이를 보자니 어쩌면 호삼이는 우리가 생각하는 것보다 더 먼 곳에서 왔을지도 모르겠다는 생각이 들었다. 어린 강아지들은 종종 올레길을 걷는 사람들을 따라나선다. 올레꾼들은 심심하기도 하고 계속 따라오니 말릴 수도 없어 개와 동무 삼아 같이 걷는다. 그러다 올레꾼이 자신의 목적지를 향해 떠나는 순간, 개들은 그만 길을 잃고 만다. 그러니 혹시라도 올레길을 걸을 때 개가 따라온다면 따라오지 못하게 저지하시기를. 그렇게 호삼이와 산책을 한 바퀴 돌다가 동네 아저씨 한 분을 만났다. 아저씨는 호삼이를 보더니 "어? 이 개!" 하고 알은 체를 했다. 반가운 마음에 "이 강아지 아세요?" 하고 물었더니 비가 많이 오던 날 본인 집 창고에서 다른 개들과 섞여 한 무리로 나타나 자꾸 우는 통에 쫓았다고 하셨다. 호삼이가 발견된 날도 비가 왔고, 그 전부터 삼 일간 비가 왔으니 호삼이는 아저씨 말대로라면 비가 오는 삼 일 동안 이 근처에서 동네 형아 개들 뒤를 쫓으며 다닌 셈이었다. 아직 보살핌이 필요해 보이는 새끼 강아지인데 비를 맞고 며칠을 헤맸을 거란 상상을 하니 마음이 좋지 않았다.

'호삼아 주인을 꼭 찾아 줄게. 만약에 너를 찾는 주인이 없다면 좋은 주인을 꼭 만들어 줄게.'

나는 작은 호삼이를 안아 올리며 마음으로 말해 주었다.

#3일간의피로가풀린다멍

개벼룩을 잡자

나는 종종 '호이를 다시 키울 기회가 생긴다면 참 잘 키울 텐데.' 하며 아쉬움을 드러낸 적이 있다. 개에 대해 잘 안다고 생각했지만 오히려 무지했던 시간들에 대한 안타까움과 호이에 대한 미안함이 뒤섞인 부질없는 고백이었다. 그러던 차에 호삼이가 나에게 왔다. 주인을 찾아 주거나 입양을 보낼 생각이었지만 호이에게 실수했던 일들을 바로잡고 싶다는 생각이 들었다. 사람도 아이를 낳으면 둘째는 첫째와는 또 다른 느낌이고, 조금은 키우기 수월하기도 한 것처럼 호삼이도 호이 덕에 조금 수월하게 돌볼 수 있었다.

호삼이가 우리 집에서 생활한 지 오 일째 되는 날이었다. 호삼이의 털을 쓰다듬는데 털 속에서 검은깨가 쓰윽 보였다가 사라졌다. 뭘 잘못 봤나 싶어 털을 뒤적이니 처음 목욕시킬 때 보았던 벌레가 호삼이 몸을 기어 다니고 있었다. 나는 너무 놀라서 부랴부랴 호삼이 집에 조명을 설치했다. 어린 시절 밤마다 쪽불을 켜고 머릿니를 잡아 주시던 부모님의 마음으로 호삼이의 몸을 뒤적이며 개벼룩을 잡기 시작했다. 벼룩은 어찌나 빠른지 보였다가도 잡으려고 하면 금방 사라졌다. 나는 매일매일 호삼이의 몸을 들추며 벼룩을 잡았다. 호삼이 몸에 있는 벼룩을 소탕하는 데는 총 이 주일 정도의 시간이 걸렸다.

새끼 강아지의 몸에 개벼룩이 있다는 것은 호삼이가 태어난 환경이 그다지 좋지 않다는 반증이다. 그렇다면 회충도 많을 것 같아서 동물병원에서 구충제를 사 와서 먹였다. 구충제를 먹이고 나면 다음 날 대변으로 숙주나물 같은 회충들이 나오는데, 호삼이는 회충이 너무 많았던지 약을 먹고 얼마 되지도 않아서 회충이 가득한 토사물을 게워 냈다. 강아지에게 나오는 회충은 모체에게 물려받았을 가능성이 크다. 이 역시 호삼이가 태어난 환경이 그다지 좋지 않다는 증거였다.

가만히 앉아 호삼이가 태어났을 환경에 대해 생각해 보았다. 제주도 마당이 있는 어느 집에 백구가 산다. 백구는 목줄은 있지만 묶여 있지 않은 채로 동네를 자유롭게 돌아다닌다. 짝짓기 철이 되면 수컷들이 몰려오고 백구는 곧 새끼를 낳는다. 계획 되지 않은 임신에 주인은 한숨을 쉬고, 아는 사람이 오면 "개 안 키워 마씸? 한 마리 가져갑서게." 하며 아무에게나 안겨 준다. 마당을 보니 강아지 한 마리가 없어진 것 같지만 누굴 주나, 자기 발로 나가나 크게 중요하지 않다.

아마도 그런 연유로 여차여차해서 호삼이가 온 것은 아닐까? 그렇게 생각하니 곤히 잠든 호삼이에게 애틋한 마음이 생겼다. 그렇게 며칠간 주변을 탐색해도 호삼이의 주인이 나타나지 않자, 주인을 더 이상 찾을 수 없다는 판단 아래 입양을 보내기로 결심했다. 나는 SNS 계정에 '#호삼이는분양중'이라는 태그를 달아서 사진을 올렸다. 귀여운 호삼이 사진을 올릴 때마다 사람들은 호삼이를 입양 보내지 말고 호이에게 동생을 만들어 주라는 리플을 달았다. 나는 한 번도 개 두 마리를 키우는 삶을 상상해 본 적이 없었다. 혼자 살기 위해 지은 내 집은 그다지 넓지 않았고, 언젠가 개와 살겠다고 생각했음에도 호이는 계획보다 빨리 분양을 받은 개였다. 심지어 다른 개도 아니고 호의적이지 않은 호이 아닌가? 그 후에는 서점장이 왔고, 거기에 호삼이까지? 절로 도리질 쳐졌다. 서점장과 이야기해 봐도, 호이를 키우면서 힘들어한 걸 지켜본 신아도, 모두 반대했다. 나도 안다. 나도 아는데, 요 꼬물거리며 내 공간을 따스한 온기로 채우는 이 녀석이 점점 내 마음 속에 커지는 것이었다. 큰일 났다.

호이와 호삼이의
첫 만남

　호삼이가 사랑을 듬뿍 받으며 집에 적응을 해 갈수록 호이에게 미안한 마음이 커졌다. 호이가 떠난 집에 호삼이를 들인 것이 왠지 마음에 걸려서 우리는 호이에게 면회를 갔다. 12월이 코앞이라 그런지 아니면 그 전부터 비가 많이 와서 그런지 습해진 날씨에 호이는 발에 습진이 생겨 괴로워하고 있었다. 어쩌면 집에 오고 싶어 엄살을 부렸는데 거기에 내가 깜빡 속아 넘어갔는지도. 어쨌거나 일단 치료가 필요할 것 같아서 선생님께 양해를 구하고 호이를 잠시 집에 데려가기로 했다. 치료도 치료지만 호이가 호삼이를 만났을 때 어떤 반응을 보일지 궁금했다.

　한동안 집을 비웠던 호이가 약 목욕을 마치고 드디어 집으로 왔다.

훈련소 선생님께서 호이를 집까지 데려다 주시는 참에 선생님께 호삼이를 소개했다. 입양을 보내려면 여기저기 소문을 내는 것이 급선무였다. 선생님은 마침 믹스견을 찾는 문의가 있으니 호삼이의 사진을 찍어서 소개해 보겠다고 했다.

'생각보다 빨리 입양처가 정해지려나?'

일은 순탄하게 돌아가는 것 같았다.

오랜만에 돌아온 호이는 집 이곳저곳을 냄새 맡고 다녔다. 신기하게도 호이는 호삼이의 존재에 대해서는 별다른 신경을 쓰지 않는 눈치였다. 개들은 자기 영역에 새로운 존재가 들어오는 상황에 대해서는 예민한 반면, 먼저 들어와 있는 존재에 대해 어떻게 받아들여야 하는지 조금 헷갈려하는 것 같았다. 그런 이유로 우리의 우려와 달리 호이는 호삼이를 별로 신경을 쓰지 않았다. 오히려 굴러들어 온 돌인 호삼이가 호이의 존재에 충격을 받은 것 같았다. 호삼이에게는 며칠 동안 자기 영역이라고 생각한 이 집에 다른 개가 불쑥 침입한 셈이었다. 태어난 지 몇 개월 안 된 강아지였지만 '앉아'와 '손' 명령어에 반응하고 배변 패드에 쉬를 가리고 있어서 천재견이 아닐까 생각하던 차였다. 그런데 호이가 오자마자 충격을 받았는지 호삼이의 배변 체계가 와르르 무너지기 시작했다. 호삼이는 이곳이 자신의 영역임을 호이에게 알리기 위해선지 집 구석구석에 빼놓지 않고 영역 표시를 하기 시작했다. 태어난

지 2개월도 안 된 자그마한 녀석의 영역 싸움은 그 나름의 생존본능인

듯하여 눈물겨웠다. 그 마음을 아는지 모르는지 호이는 군대를 제대한

오빠처럼 며칠 동안 잠만 퍼지게 쿨쿨 잤다.

#나가라개우리집이라개

©perytail

호삼이가
사슴 몸매가 된 **까닭은?**

　자율 급식이란 하루에 먹는 양을 정해 두고 밥그릇을 채워 놓은 뒤 개에게 자율권을 주는 배식 방법이다. 호이는 자율 급식을 했다. 자율 급식을 하고 개가 실내 배변을 한다면 견주는 종일 외출이 가능하다는 장점이 있다. 의외로 개들 밥을 주거나 배변 산책을 해야 해서 견주들이 멀리 나가지 못하는 경우가 많다. 단점은 밥그릇이 비워져 있을 때마다 채우는 형식이라서 견주가 한 명 이상일 경우 개가 사료를 다 먹은 줄도 모르고 서로 밥을 챙겨 주다 비만견이 될 수도 있다는 것이다.

　우리도 그런 적이 있었다. 호이가 한참 성장기일 때였다. 신아와 나는 게스트하우스 조식 당번을 격일로 하고 있었다. 아침 당번인 사람이 일찍 일어나 호이 산책을 시키고, 사료를 주고, 조식을 준비하는 일과였다. 호이는 그때 자율 급식을 하고 있었는데, 혼자 먹다 보니 밥그릇에는 늘 사료가 남았다. 그런데 어느 날부터 밥그릇이 늘 비워져 있고, 호이는 어느 순간 살이 붙어서 날씬한 몸매를 잃고 있었다. 너무 갑자기 살이 찌는 게 이상해서 신아와 대화를 나눠 보니, 신아는 빈 그릇을 보며 내가 안 줬나 보다 하고 사료를 주고, 나는 신아가 안 줬나 보다 하며 사료를 주면서 며칠간 호이에게 두 배 이상의 사료를 주고 있었다. 호이는 아침과 저녁 두 번 사료를 먹는데, 나와 신아에게 최소 세 끼에서 최대 네 끼는 얻어먹었던 셈이었다.

당시 호이가 평소와 다르게 밥을 잘 먹었던 이유는 그때가 마침 사료를 바꾼 타이밍이었기 때문이다. 그 사료는 오리와 연어가 첨가된 유기농 사료였는데, 호이 입맛에 맞았는지 한 톨도 남기지 않고 싹싹 먹었다. 그 후부터는 사료를 한 사람이 주는 걸로 협의했지만 호이는 지금까지 뚱뚱, 아니 통통한 몸매를 유지하고 있다. 그 일이 있고 나서 호이에게 더 이상 자율 급식을 하지 않았다. 마찬가지로 호이가 해 왔던 방식에 맞춰 호삼이도 끼니때마다 사료를 챙겨 주는 식사법이 맞을 거라고 판단했다.

그런데 아니었다. 사료를 천천히 먹거나 남기는 호이와 달리 호삼이는 자기 몫의 사료를 다 먹고도 호이 옆에서 알짱거리며 호이가 흘리는 사료를 주워 먹기 시작했다. 개를 두 마리 이상 키울 때는 사료 급식 중에도 스트레스를 받을 수 있기 때문에 밥그릇을 멀리 두고 편하게 먹도록 해야 하는데, 체구가 작은 호삼이에게 호이보다 적은 사료를 주다 보니 호이의 사료가 탐이 난 것 같았다.

그런 호삼이를 지켜보던 서점장이 호삼이의 식탐을 고칠 아이디어 하나를 냈다. 호삼이가 밖에서 배를 굶고 헤매고 다녀서 밥에 대한 집착이 클 수 있으니 호삼이에게 밥을 다 먹어도 언제든지 사료가 있다는 것을 알게 해 주자는 것이었다. 듣고 보니 그럴 수도 있을 것 같아서 우리는 호삼이에게 사료를 주고, 다 먹으면 바로 채워 주고, 또 다 먹으면 채워 주었다. 호삼이는 사료가 많아 신이 났는지, 호이에게 빼앗길까 봐 걱정을 해서인지 엄청난 속도로 세 끼 정도 되는 사료를 다 먹었다.

그리고 어떻게 됐냐고?

밥을 너무 많이 먹은 호삼이는 움직이지도 못한 채로 끼잉끼잉 울고 다녔다. 호삼이는 그 후로 삼 일 동안 설사를 했고, 그다음부터는 사료에 대한 집착이 완전히 사라졌다. 그 때문일까? 호삼이는 지금도 사료를 잘 먹지 않아 엄청 날씬한 몸매를 유지하고 있다.

©박두산

이상한 입양 문구

발 습진을 핑계로 집으로 데려온 호이는 호삼이와 아주 잘 지냈다. 호이가 가장 좋아하는 공놀이도 같이 하고, 수건을 서로 잡아당기는 터그 놀이도 함께했다. 호삼이는 아주 작은 강아지였지만 호이에게 지지 않았다. 호이는 그런 호삼이가 귀찮을 때도 있는 눈치였지만, 훈련소에서 다른 개들과 지내다 와서 그런지 짜증을 내지 않고 잘 받아 주었다. 자기 몸을 만지는 걸 싫어해서 걱정을 많이 했는데 의외로 호삼이와 몸 싸움하며 뒹구는 걸 좋아하는 것도 같았다. 개 두 마리를 키우는 건 생각해 본 적도 없었는데, 이렇게 잘 지내는 걸 보니 '역시 호이에게는 개 친구가 필요했던 걸까?' 하는 생각이 들었다.

호삼이를 덥석 데려온 건 서점장이지만 서점장은 10시에 출근해서 5시에 집에 온다. 나는 게스트하우스 옆 건물이 집이라 출퇴근 개념이 없어 일어나서 잠들기 전까지 호호브로와 함께 있는 셈이다. 그렇다 보니 개들과 보내는 시간이 서점장보다 월등히 많다. 조식을 하기 전 산책을 함께 나가면 호삼이는 작은 발로도 형에게 지지 않으려고 열심히 뛰어오는데, 그 모습을 보면 웃음이 절로 나왔고, 집에 오면 자기 키보다 높이 있는 물을 먹겠다고 물통에 매달리는 모습이 귀여웠다. 청소를 할 때면 호이 곁에서 함께 잠이 드는데 그런 모습을 볼 때면 나도 옆에서 자고 싶을 정도로 평온해 보였다.

이런 평화로운 광경은 내 마음에 작은 파문을 일으켰다. '이대로 괜찮지 않을까?' '조금만 부지런 떨면 되지 않을까?' 하는 마음이 들기 시작했다. 그런 내 마음을 눈치라도 챘듯 서점장은 단호하게 이제 그만 호삼이의 입양처를 찾는 게 좋겠다고 했다. 물론 호삼이 사진마다 '#호삼이는분양중'이라는 태그를 달기는 했지만, 그것만으로는 너무 소극적이라 문의가 없는 듯하니 입양 공지를 올리자는 것이었다. 서점장은 호이에게 몇 차례 물린 후 개와 함께하는 생활 자체에 스트레스를 많이 받고 있는 상태였다. 더구나 호삼이를 데려온 당사자가 다름 아닌 자신이었다. 그래서 엄연히 호삼이에 대한 권한은 서점장에게 있었다. 그런 서점장이 호삼이를 보내자고 하니 그 결정에 따를 수밖에 없었다. 내 마음의 작은 파문은 그렇게 저 멀리 사라져 갔다. 우리는 함께 입양 분구를 적어 내려가기 시작했다.

호삼이를 반려견으로 키워 주실 분을 찾습니다.

발견된 장소는 제주도 서귀포시 성산읍 'B일상잡화점' 앞입니다.

연령은 2개월 추정이며, 성별은 수컷입니다.

동물병원에서 종합접종, 구충제 두 번, 코로나 주사를 맞았습니다.

현재 아주 건강하며 최근 "앉아", "안 돼"를 알아듣습니다.

10년에서 15년 정도 같이 살아야 하니 쉬운 일이 아닌 줄 압니다.

하지만 더 나은 환경과 더 좋은 인연이 있을 듯하여 분양 글을 올립니다.

연락 주시길 바랍니다.

#호삼이는분양중 #진도믹스 #진트리버 #강아지분양 #새끼강아지 #천재견

여기까지가 서점장과 내가 각자 SNS에 올리기로 합의된 내용이었다.

그리고 나는 합의되지 않은 내용을 한 줄 더 추가했다.

"12월 31일까지 입양되지 않을 시 제가 키우겠습니다."

내 마음의 파문이 시킨 행동이었다.

호삼이는
입양되었습니다

다행인지 불행인지 입양 글을 올린 후에도 호삼이에 대한 분양 문의는 하나도 없었다. '입양되지 않을 시 제가 키우겠습니다.'라는 문장 때문이라는 원망을 서점장에게 한몸에 받았지만, 그 글 때문이 아니라도 사실 강아지 분양이라는 게 말처럼 쉬운 일은 아니다. 특히나 제주라는 곳에선 더욱 그랬다. 품종이 있으면 입양이 수월하겠지만 '믹스견'은 입양이 잘 되지 않는 편이다. 호삼이는 믹스견인 데다 부모의 견종조차 확인되지 않아서 앞으로 어떻게 클 것인가가 예측되지 않는다는 아주 크나큰 단점도 있었다. 누군가는 호삼이 발을 보고 진돗개가 섞인 게 확실하다고 하고, 누군가는 호삼이의 털을 보고 골든리트리버가 섞인 것 같다고 했다. 누구의 말이 맞는지는 모르겠지만, 믹스로 추정되는 견종이 둘 다 대형견이라 호삼이가 얼마나 클지가 가장 걱정되었다.

문의가 왔다고 해도 정말 믿고 맡겨도 되는 가정인지를 판단해야 하기 때문에 쉬운 일은 아니었다. 소형견이라면 회사를 다니느라 개를 오래도록 혼자 있게 하는 건 아닌지, 대형견이라면 (물론 실내에서 키워도 되지만) 마당이 있는지, 산책을 시켜 줄 수 있는 환경인지 등을 체크한 후에 입양을 보내야 한다. 이 문제가 중요한 이유는 감정적으로 강아지가 안쓰러워서 입양을 했다가 현실적인 문제로 파양해서 돌아오는 사례가 꽤 많고, 이 경우 개와 입양처 둘 다 큰 상처를 받는다는 사실을 간과할 수 없기 때문이다.

입양에 적극적인 사람들은 제주도에서 육지까지 직접 데려다 주기도 하고, 해외 입양 루트를 통해 외국으로 개를 보내기도 한다. 물론 해외 입양은 혼자 할 수 있는 일이 아니라 많은 사람들의 도움을 필요로 한다. 종종 SNS에 급하게 '몇 월 며칠에 ○○행 비행기로 강아지 이동 봉사를 해 주실 분을 구한다.'라는 글이 올라오는 것이 이런 경우다. 외국으로 나가도 입양 시설로 보내지는 것이기 때문에 거기서 다시 주인을 찾아야 하는 험난한 과정이 남는다. 그러므로 해외로 보냈다고 해도 최종 입양이 될 때까지 마음을 놓을 수는 없는 일이다.

입양 공지에 약속한 12월 31일이 다가올수록 우리 집에는 두 가지 마음이 공존했다. 서점장은 호삼이의 입양처가 얼른 나타나기를 바랐고, 나는 티는 내지 않았지만 아무에게도 연락이 오지 않기를 바랐다. 그러다 성질이 급한 내가 더 이상 참지 못하고 서점장에게 말했다.

"됐어! 더 기다릴 것도 없어. 그냥 우리가 키우는 걸로 해."

서점장은 당황하지도 놀라지도 않은 채 어떻게 한 마리도 아니고 두 마리나 감당을 하려는지 물었다.

나는 11월 23일부터 지금까지 호삼이와 지내며 느낀 장점들을 늘어놓았다. 무엇보다 호이에게 도움이 되고 있다는 것을 강력하게 어필했다. 그리고 내가 좀 더 부지런해지면 된다고 했다. 말을 하다 보니 꼭 부모님에게 개를 키우고 싶다고 설득하는 자식처럼 되는 꼴이라 좀 우스웠지만, 간절한 건 나였다. 무릇 간절한 사람이 무릎을 꿇는 법. 나는 마음을 가다듬고 이야기를 이어갔다.

1. 호삼이를 키우는 일은 못할 일은 아닌 것 같다. (너의 도움이 많이 필요하겠지만.)

2. 호삼이가 호이에게 하는 스킨십을 통해서 호이의 성격이 온순해지고 있다. (너도 이제 호이에게 물릴 일은 더 이상 없을 거야.)

3. 주인을 반기고, 주인만을 충직하게 바라보고, 주인을 지켜 주는 '꿀개' 호삼이를 한번 키워 보고 싶다. (솔직히 말해 봐. 너도 그렇지 않니?)

사실 이런 나의 설득은 별 소득이 없었다. 서점장이 너무 완고했기 때문에? 아니다. 오히려 정반대였다. 호삼이의 애교는 이성으로 점철된 서점장의 마음을 녹일 만큼 강력한 것이었고, 서점장은 이미 호삼이의 미모와 애교에 홀랑 넘어가 있던 것이다. 나는 내 말을 못 이기는 척 수락하는 서점장에게 한 가지 제안을 했다. 호삼이의 입양은 내가 결정했지만, 대신 호삼이는 서점장의 성을 따르자는 것이었다. 나는 서점장에게 공동 견주라는 책임감을 주고 싶은 마음이 있었다.

　그렇게 호삼이는 12월 31일이 되기 전에 '서호삼'이라는 이름으로 한호이의 성이 다른 동생, 우리의 가족이 되었다. 제주도 서귀포시 오조리 하늘 아래 종이 다르고, 피가 다르고, 성이 다른 네 명, 아니 네 존재의 삶이 시작되었다.

중성화 과연 옳을까?

　호삼이를 호이 동생으로 맞이해 우리의 가족이 되었지만 혹시라도 서점장의 마음이 바뀔까 봐 조마조마했다. 나는 마치 호적 신고라도 하는 것처럼 서둘러 호삼이의 중성화 수술 일정을 잡았다. 중성화는 생후 4개월에서 5개월 사이에 해 주는 것이 가장 좋다는데, 수술을 시킬 때가 연말 즈음이었으니 호삼이가 3개월 정도 된 시점이었다. '병원에서도 너무 어리지 않느냐고 말을 하지 않았으니 괜찮겠지?'라는 마음이 드는 한편, '내가 너무 급했나? 아직 성장하는 강아지인데 마취를 하고 수술을 시키다니……. 혹시 안 좋은 일이 생기는 건 아닐까?' 하는 두려움도 몰려왔다. 개를 키우면 키울수록 나아질 줄 알았는데 나는 왜 자꾸 성급하고 나약해서 같은 실수를 반복하는 건가 싶어 속상했다.

중성화 수술이 끝났다. 늘 밝고 애교 많은 호삼이라 괜찮을 줄 알았는데, 많이 아프고 당황스러운지 호삼이는 서럽게 울었다. 원래 엄살이 많은 호이가 그러면 '아이고 또 엄살이네, 저 녀석.' 하고 넘겼겠지만, 엄살 없는 호삼이가 그러니 더 걱정이 되었다. 문제는 여기서 끝나지 않았다. 호이가 훈련소에서 돌아왔던 첫날처럼 호삼이가 다시 또 여기저기 오줌을 싸기 시작했다. 오줌을 싸서 치우면 또 싸고, 그걸 치우면 또 다른 곳에 싸고, 돌면 또 싸고. 믿어지지 않겠지만 정말 30초 단위로 오줌을 쌌다. 급한 마음에 인터넷을 검색해 보니 너무 어릴 때 수술을 하면 비뇨기계의 정상 성장을 막을 수도 있다고 나와 있었다. 덜컥 겁이 났다. 혹시 호삼이 수술이 잘못된 건 아닌지 너무 걱정되어서 병원에 가서 체크를 해 봤지만 뾰족한 대안은 없었다.

호삼이가 병원에 다녀 온 그날은 크리스마스여서 친구들이 우리 집에 한자리 모인 날이기도 했다. 친구들이 다 모인 자리에서 호삼이는 끊임없이 오줌을 싸서 친구 중 한 명이 호삼이가 아니라 '호줌이'라는 별명을 지어 줬다.

천만다행으로 호삼이의 상태는 곧 나아졌다. 돌이킬 수 없는 수술이었기에 후회를 하기보다는 수술로 얻는 장점들을 생각했다. 남성 호르몬으로 인해 생기는 생식기 질환이나 짝짓기 시기의 스트레스, 마킹 등의 문제에서 벗어날 수 있을 것이다. 호이 역시 강아지 시기에 중성화 수술을 해서 그런 문제는 한 번도 일어나지 않았다. 우리가 사는 제주도는 주인은 있지만 마음대로 풀어 둔 개들이 암컷의 냄새를 맡고 쫓아가 길을 잃는다거나 다른 집 암컷을 임신시키는 사례가 많았다. 집에서 키우는 '반려견'으로 거듭나려면 중성화 수술은 어쩔 수 없는 선택이라는 생각이 들었다.

간혹 중성화는 부자연스러운 행위라고 생각해 수술을 하지 않고 키우는 사람들도 있는데, 내가 키우는 개가 새끼를 낳았을 때 그 강아지까지 키울 여건이 된다면 중성화를 하지 않는 것도 한 방법이다. 문제는 개의 경우 한 번에 여러 마리를 낳는다는 것이고, 1년에 두 번 이상 출산을 하기 때문에 그 개체수를 감당하기 어려울 수 있어 현실적으로 불가능하다. 중성화는 어디까지나 견주의 선택의 영역이지만, 나는 중성화 쪽을 더 선호하는 편이다.

#호째미아파요 #씨없는호삼

마음 단단히 먹고
배변 훈련

우리에게 온 지 삼 일도 안 되어서 배변을 가리는 데 성공해 천재가 아닐까 싶었던 호삼이는, 중성화 수술 후 언제 실내 배변을 했나 싶게 실내에서는 전혀 배변을 할 수 없는 몸이 되었다. 처음에는 눈치도 보지 않고 집 안 곳곳에 오줌을 쌌다. 하지만 한 번, 두 번 오줌을 쌀수록 호삼이는 이 행위가 혼나는 일이라는 걸 알게 되었고, 그 후로는 무조건 참기 시작했다. 이렇게는 안 되겠다 싶어 처음 배변을 가르쳤던 방식으로 차근차근 설명해 보았으나, 호삼이는 뭔가 큰 결심을 한 듯 실외 배변만 고집하기 시작했다. 넓은 의미로 실외 배변은 개나 사람에게 좋은 방식이지만, 매번 개의 배변 스케줄에 맞춰 살 수는 없는 노릇이니 사람과 함께 살기 위해서는 실내 배변은 필수 조건 중 하나였다. 이 것을 지금 고치지 못하면 호삼이와 사는 15년이 넘는 시간 동안 나는 비가 오나 눈이 오나 바람이 부나 날이 화창하나 호삼이의 배변을 돕는 몸종 아니, '똥종'이 되는 것이다. 상상만으로 식은땀이 흘렀다.

서점장과 나는 이렇게 살 수는 없다는 데 의견을 모았다. 우리는 마음을 굳게 먹고 지금보다 더 강도 높은 배변 훈련법을 찾기로 했다. 그 끝에 배변을 돕는 울타리 하나를 샀다. 우리는 울타리 안에 호삼이와 배변판을 넣어 두고 오줌이 마려우면 쌀 수밖에 없는 환경을 만들었다.

카페부터 방까지 거침없이 다니다가 갑자기 한 평도 안 되는 작은 공간에 갇히자 호삼이는 스트레스를 받기 시작했다. 평소 의사 표현을 잘하지 않는 호삼이었지만, 그 공간 안에서 만큼은 나오고 싶다고 울타리에 매달려 낑낑거리며 울기 시작했다.

"호삼아, 여기 패드 위에 쉬해. 쉬하면 꺼내 줄 거야. 어서 쉬."

당연하게도 호삼이는 알아듣지 못했다. 울다 지친 호삼이는 패드 위에서 하라는 쉬는 안하고 잠이 들었다. 호삼이가 쉬를 하지 않는 시간이 길어질수록 독하게 마음먹기로 했던 내 마음은 조금씩 갈등을 일으키고 있었다.

새카만 눈망울을 한 호삼이가 울타리에 매달려 울면 그 울음소리가 구슬퍼 울타리에서 호삼이를 꺼내 밖으로 데리고 나갔다. 호삼이는 밖을 나가는 즉시 쉬를 했다. '얼마나 참았을까? 얼마나 힘들었을까?' 하는 생각에 마음이 좋지 않았다. 실내 배변 훈련에 성공하려면 개를 울타리에 넣고 일주일에서 보름을 견뎌야 한다는데, 마음이 약한 나는 솔직히 하루도 견딜 자신이 없었다.

서점장은 그런 나를 보고 일주일만 해 보자고 설득했다.

'그래, 호삼이도 벌써 하루를 견뎠는데 조금만 더 해 보자.'

마음을 다잡았다. 그래도 하루 종일 호삼이를 울타리에 가둬 두는 건 너무 가혹하다 싶어 쉬가 마려울 타임에 넣어 두고 쉬를 유도했다. 그러나 하루, 이틀, 삼 일이 흘러도 호삼이는 어떤 맹세라도 한 것처럼 절대로 실내에서 볼일을 보지 않았다. 배변 패드를 들고 밖에서 쌀 때 쫓아다니며 여기에 한번 싸 보라고 사정해도 마지못해 패드 위에 잠깐 앉을 뿐 절대 패드 위에 쉬를 하지 않았다. 나는 그런 호삼이를 보며 점점 생각이 바뀌었다. 나 편하자고 개를 괴롭게 한다는 생각이 들기 시작했던 것이다. 서점장에게 이제 그만 하자고 말을 꺼낸 것도 나였다.

서점장과 나는 개를 키우는 문제로 걸핏하면 의견이 부딪쳤다. 이번에도 마찬가지였다. 서점장은 나약한 나를 탓하며 조금 더 지속해 보자고 했다.

"넌 아침에 출근해서 저녁에 집에 오니까 그때만 갇혀 있는 호삼이를 보면 되지만, 나는 종일 호삼이랑 있어야 해. 너무 괴로워……. 내가 하는 일이 출퇴근 따로 없이 집에서 상주하며 하는 일이잖아. 그러니까 호삼이는 그냥 내가 계속 실외 배변을 시킬게. 우리가 조금만 부지런하면 돼. 어렵게 생각하지 말자……."

나는 서점장을 설득했다. 서점장도 호삼이의 힘든 모습에 마음이 아팠는지 못 이기는 척 그러자고 했다. 그렇게 우리는 실내 배변에 실패했고, 모든 게 호삼이 승리로 끝이 나며 호삼이는 울타리에서 해방되었다. 울타리에서 해방된 호삼이는 그날 여덟 번의 똥을 쌌다. 우리는 그날의 호삼이를 '팔똥이'라고 부르며 지금도 그 순간을 회상한다. 그리고 우리는 매일 아침, 저녁 두 번의 산책을 하는 호이와 호삼이의 몸종이 되었다. 하지만 인생은 의외의 변수로 가득하다. 개들의 배변을 해결하기 위해 나선 아침 산책이 오조리런닝클럽으로 이어지게 되었고, 오조포구를 한 바퀴 돌며 호호브로와 산책하는 오조리런닝클럽은 게스트들의 호평을 받고 있으니, 이쯤 되면 모든 일은 호사다마 아니 '호삼다마'라 할 수 있지 않을까?

#나에게도라이프스타일이있다개

호삼이라는 **처방전**

　언젠가 개와 함께 살 거라는 생각은 했지만 개 두 마리와 살게 될 줄은 꿈에도 몰랐다. 이렇듯 인생은 마음먹은 대로 흘러가지 않는다.

　호이를 키우면서 나는 억울한 것이 한 가지 있었다. 견주인 내가 잘 못 키워서 호이가 말을 듣지 않고 사람을 무는 개로 자란 것이라는 사람들의 선입견이 그랬다. 아니, 나라고 호이를 무는 개로 키우고 싶었겠는가? 시간을 되돌려 호이를 처음부터 다시 키우고 싶을 만큼 억울했지만 타임머신이 개발되지 않는 한 그건 불가능한 이야기였다. 그래서 호삼이를 잘 키워 '개 역시 사람처럼 타고난 성격이 있고, 그 성격은 고치는 게 쉽지 않다.'는 걸 증명하고 싶었다.

호이에게 몰라서 했던 실수들, 무리하게 가르치려 했던 것들, 사람의 기준을 적용해 기다려 주지 않았던 것들을 발판 삼아 호삼이에게는 시간을 가지고 차분히 가르쳤다.

호삼이는 호이 형과 함께 아침 산책을 하고, 형과 함께 밥을 먹고, 형이 잠을 자면 옆에서 잠을 청했다. 형이 냄새를 맡으면 같이 냄새를 맡았고, 형이 달리면 호삼이도 달렸다. 형의 장난감을 빼앗기도 했고, 형이 하울링을 하면 신기해하며 따라 울기도 했다. 사람이 챙겨 줄 수 있는 건 따뜻한 공간, 제때 주는 사료와 아침저녁 함께하는 산책이 다였고, 그 외적인 것은 호이에게 배우고 있었다.

호이도 호삼이가 있어 더 안정되는 눈치였다. 사람들 사이에서 혼자만 개였던 호이. 사람과 오래 산 어떤 개들은 자신이 사람인 줄 알고 살다가 거울을 보거나 다른 개를 통해 자기가 개인 것을 알게 되면 우울증이 온다고 한다. 호이는 자기가 사람인 줄 알다가 호삼이가 오고 나서 개라고 자각했을까? 나의 모든 사랑을 독차지하던 호이에게 호삼이의 존재가 어떻게 다가갈지 호이의 마음이 무척 궁금했지만 그 마음은 알 길이 없었다. 다만 표면적으로는 잘 지내는 것 같아 보이는 것에 안도할 뿐.

많은 사람이 "개 두 마리를 키우는 건 힘들지 않나요?"라고 묻는다.

나 역시 호삼이를 입양하려고 마음먹었을 때 가장 많이 했던 고민이기도 했다. 그런데 그때마다 개 두 마리 이상 키우는 사람들은 공통적으로 말했다.

"한 마리보다 두 마리를 키우는 게 장점이 더 많아요. 그리고 생각보다 많이 힘들지 않아요."

'생각보다'의 기준이 사람마다 다르겠지만, 나 역시 호삼이를 키워 보니 '생각보다' 힘들지 않고 단점보다는 장점이 넘쳐 난다고 말하게 된다.

가장 큰 장점을 꼽으라면 자기 몸을 만지는 걸 극도로 싫어하는 호이가 호삼이가 놀자고 몸을 부딪히며 덤비거나 기대도 짖기는커녕 같이 뒹굴며 논다는 것이다.

사람들이 원하는 개 두 마리의 이상적인 그림인 서로를 포개고 잠을 잔다거나 한집을 쓰는 다정한 장면은 연출되진 않지만, 호이는 예상과는 달리 호삼이를 물거나 공격하지 않고 그 존재를 자연스럽게 받아들여 주었다. 사실 그것만으로도 다행스런 일이다. 호삼이와의 생활 속 스킨십은 호이의 예민도를 점점 낮춰 주었고, 호이의 성격을 고쳐 보겠다고 여러 방면으로 만난 그 어떤 사람보다 좋은 처방전이 되어 주는 듯했다.

개 두 마리를 키우는 단점을 꼽자면 개를 한 마리 키울 때보다 품이 많이 든다는 점이다. 사료 값도, 병원비도, 강아지 용품 비용도 모두 두 배로 든다. 그렇지만 행복도 분명 두 배, 아니 네 배, 여덟 배…… 측정하지 못할 만큼의 크기로 돌아온다. 생명을 들이는 일은 너무나도 조심스럽기에 내가 행복해졌다고 해서 다른 사람에게도 "개 두 마리 키우세요."라고 할 수는 없지만, 혹시 나와 같은 고민을 하고 있다면 조심스레 권해 본다.

개 두 마리는 분명 보장된 행복임이 분명하다고.

#더블행복이준비돼있다개

오, 마이 독 라이프!

나는 늘 개와 함께 살았다. 14년을 키운 빠꼼이는 가장 오래 키운 개라는 기록이 있지만 그 전에도 많은 개들이 나의 유년 시절을 함께해주었다. 어렸을 때 사진을 봐도 개를 안고 있거나 개와 함께하는 사진들이 많다. 엄마는 개를 싫어한다고 하는데 언행불일치처럼 우리 집에는 늘 개가 있었다.

어렸을 때 키운 개는 재롱이였다. 우리 집에서 키우는 개는 무조건 재롱이였던 시절이었다. 원래 있던 재롱이가 없어지고 다음 개가 나타나면 그 개도 또 재롱이였다. 그래서 개 이름은 모두 재롱이인 줄 알았다. 그런데 재롱이가 새끼를 낳았다. 재롱이가 두 마리가 될 수는 없으니 재롱이의 새끼 이름은 쫄랑이로 지었다.

1980년대에 서울에서 개를 키우는 방식은 지금의 시골 사람들이 키우는 방식과 크게 다르지 않았다. 마당에 주로 묶어 두기도 하지만 대개 자유 의지를 가지고 밖을 돌아다녔다. 그러다 돌아오지 않으면 생사를 알 길이 없었다. 그렇다 보니 개를 오래 키운다는 의미를 알 턱이 없었다. 여러 재롱이는 제 발로 집을 나간 건지, 개장수가 잡아 간 건지 그 끝이 어찌 되었는지 기억이 나지 않는 채로 기억 속에 멈춰 있다.

흐린 나의 기억 속에는 광견병에 걸린 재롱이도 있었다. 시골에서 데리고 온 똥개라고 불리는 종이었는데, 평상시에 나를 잘 따르던 개가 갑자기 사나워지면서 무섭게 마당을 뛰어다녔다. 어른들은 나를 물기라도 할까 봐 재롱이를 피해 집에 들어가 있으라고 했는데, 나는 나를 보면 꼬리 치며 반기던 재롱이가 나를 물 거라고는 조금도 생각할 수 없었다. 그러나 광견병에 걸린 재롱이는 나를 전혀 알아보지 못했다. 나를 보고는 갑자기 으르렁대며 내 발을 물었고, 다행히 양말 끝을 물려 다치지는 않았다.

그 시절에는 동물병원이라는 게 있었을까? 설령 있다 해도 개를 데리고 병원에 데려간다는 생각은 못하던 시절이었다. 줄에 묶인 개들은 지금 기준으로 생각하면 정말 말도 안 되는 방식으로 사육되고 있었다. 그래도 그 시절의 개와 뛰어놀던 기억, 재롱아 하면 나에게 와 주던 기억, 보드라운 털, 내 볼을 핥던 뜨끈한 혀의 감촉이 남아 지금까지 개라면 사족을 못 쓰는 사람이 되었다.

이런 기억도 있다. 부모님과 시골에 내려갔다가 강아지 한 마리를 얻어서 서울로 올라오는 길이었다. 꼬물꼬물 강아지들 속에서 가장 예쁜 강아지와 나는 벌써부터 정이 들어 있었다. 당시 유치원생이었던 나는 강아지를 집으로 데려간다는 생각에 너무 좋아 강아지를 품에서 한시도 내려 두지 않고 꼭 안고 있었다.

집까지는 차로 다섯 시간 넘게 걸리던 터라 우리 가족은 휴게소에 내려서 잠시 쉬었다 가기로 했다. 엄마가 화장실에 간 순간에도 나는 개를 놓지 않고 품에 안고 있었다. 그때 어떤 아주머니가 오더니 개가 너무 예쁘다고 잠시 안아 보겠다고 했다. 나는 자랑 삼아 아주머니에게 잠시 개를 넘겨주었다. 그런데 아주머니는 그 길로 개를 데리고 사라졌다. 눈 깜짝할 사이였다. 나는 너무 놀라서 아줌마를 찾았지만 휴게소 인파 속으로 사라진 아줌마는 보이지 않았다. 엄마와 아빠, 오빠까지 합세했지만 아줌마를 찾을 수는 없었다. 우리는 그 아줌마가 고의적으로 개를 데리고 도망갔다고 결론 내렸다. 어린 내가 감당하기엔 너무 큰 충격이었다.

나는 그 순간부터 집에 오는 내내 울었다. 아빠가 "다시 시골로 가서 다른 강아지를 가져올까?" 하고 달랬지만, 이미 서울에 거의 다 왔을 즈음이었으니 엄마에게 그 날이 벅힐 리 없었다. 더구나 나에게는 시골의 '아무' 강아지가 아니라 네 시간 동안 서울로 돌아오며 정이 흠뻑 든 아까 그 강아지가 아니면 안 되는 것이었다. 아무리 운다한들 그 개는 다시 나에게 돌아오지 않을 터였다. 그 사건은 어린 나에게 너무나 충격적이었던 나머지 몇몇 장면들은 아직도 사진처럼 선명하게 기억 속에 남아 있다.

ⓒ박두산

동물 확대범
호삼이의 성장기

　간혹 외국 SNS 계정을 보다 보면 강아지 때부터 매달, 혹은 매해 사진을 찍어서 성장 기록을 만든 영상이 나온다. 호이는 이미 다 자라 버려 성장 기록을 만들 수 없는지라 다른 개들의 영상이 그렇게 부러울 수 없었다. 대신 우리는 호삼이의 성장 기록을 남기기로 했다.

　호삼이는 11월 23일에 우리 집에 왔다. 처음 호삼이를 데리고 들어왔을 때 마침 찍어 둔 사진이 있었다. 우리는 그 사진을 기준으로 같은 자세로 매달 호삼이를 안고 사진을 찍기로 했다. 호삼이가 오고 두 달째인 1월 23일부터, 우리는 잊지 않고 서점장이 호삼이를 안아 올려 찍은 사진을 남겼다. 2월 23일에도 호삼이를 안아 올려 찍은 사진을 남겼

다. 그 사이 호삼이는 훌쩍 컸다. 모견을 모르니 앞으로 어떻게 더 클지 몰라 사진의 결과는 점점 흥미로워졌다. 3월 23일에도 우리는 잊지 않고 사진을 찍었으나, 호삼이가 무거워지는 바람에 서점장은 처음에 안았던 모습과 똑같은 자세를 유지하기가 힘들었다. 우리 집에 온 지 4개월째, 이미 호삼이가 너무 커져 버린 것이다. 더는 앞으로 안아 올릴 수가 없어 호삼이가 서점장에게 안기는 자세로 바뀌기 시작했다. 그날 이후 지속적으로 사진을 남기기는 했으나, 그 후로도 호삼이는 자꾸만 커져 갔으므로, 같은 자세를 취할 수 없어 매달 사진을 SNS에 남기는 일은 관두었다. 하지만 지금도 호삼이를 안고 사진을 찍는 일은 잊지 않고 집안의 월례 행사로 진행하는 중이다.

호삼이 출생의 비밀

때때로 호삼이는 어떤 종류의 개일까 무척 궁금한 때가 있다. 동네 동물병원 수의사 선생님께 물어봐도 속 시원히 답을 해 주지 않고 "오조리에서 발견했으니 '오조리종'이죠." 하는 농담만 건네셨다. 우리는 주변의 의견을 모아 호삼이를 진돗개와 리트리버가 섞인 '진트리버'라고 생각하기로 했다. 호삼이 목걸이에 견종을 표시하는 란에도 '진트리버'라고 당당히 적어 두었다.

그러나 호삼이는 커 갈수록 우리의 기대를 저버렸다. 일단 인스타그램에 검색되는 다른 진트리버들과 너무 달랐다. SNS에 나온 다른 개들은 진돗개에 가까워 보였는데, 호삼이는 골든리트리버에 가까워 보였다. 물론 그 역시 콩깍지 씐 내 착각에 가까웠다. 어느 날 평대에 사는 골든리트리버 맘보와 룸바를 만나 같이 물놀이를 한 적이 있었는데 진짜 골든리트리버 앞에 있으니 호삼이가 그렇게 초라해 보일 수가 없었다. 맘보와 룸바 주인은 호삼이를 사진으로만 보다가 실제로 보니 반갑기도 하고, 웃기기도 한 모양이었다. 그렇게 한참을 웃으며 호삼이를 쳐다보더니 "'골뎅이'가 섞이긴 섞인 것 같은데……." 하며 뒷말은 웃음으로 때웠다.

 견종이 확실한 호이와 달리 호삼이는 사진을 어떻게 찍는지에 따라 다르게 보여 우리를 '고슴도치 엄마'로 만들기 일쑤였다. 숲속을 산책하는 사진을 보면 꼭 사슴 같아서 우리는 호삼이를 '호슴'이라 부르기도 했다. 어떨 때는 주둥이가 길고, 몸이 늘씬하고, 껑충껑충 뛰며 숲을 달리는 모습이 한라산 기슭에 사는 노루 같기도 했다. 그래서 간혹 호삼이는 한라산에서 내려온 건 아닐까 하는 '합리적 의심'을 하게 만들었다. 또 누워 있는 사진을 보면 발달한 가슴과 노릇노릇한 털색, 누워 있느라 세워진 귀 때문에 호주에 사는 왈라비나 캥거루처럼 보이기도 했다. 호삼이는 때때로 나른하게 늘어진 캥거루처럼 누워 "이 동네는 처음이지?" 하고 관광객에게 말을 건네는 듯 나를 쳐다보기도 한다. 그럴 때는 웃음이 나오고, 그 모습을 혼자 보기 아까워 사진을 종종 남긴다. 호삼이는 무슨 영문인지 귀가 뾰쪽하게 하늘을 향할 때도 있고, 가라앉을 앉을 때도 있고, 적당하게 들뜰 때도 있는데, 그중에서는 귀가 가라앉을 때가 가장 예쁘다. 그런 날은 나도 모르게 사진을 마구 찍는데 그때 얻은 별명이 '보검'이다. 거기에 서점장의 니트까지 입혀 두면 금방이라도 "누나!" 하고 부를 것 같다. 그때 호삼이는 서보검이 된다.

요즘도 종종 호삼이는 어디서 왔고, 어떤 부견과 모견 사이에서 태어났는지 궁금할 때가 있다. 그러다가도 호삼이가 진돗개와 리트리버 또는 하운드가 섞였다고 해도, 선조 중에 캥거루나 노루가 있었다고 해도 상관없다는 결론에 이른다. 호삼이가 무엇이든 이미 존재 자체로 내겐 기쁨이기 때문이다.

#호습이 #노루 #한라산출신

호삼이와 호이라는
두 손가락

둘째는 예쁘다. 뭘 해도 다 예쁘다. 심지어 호삼이는 견주의 말을 잘 듣고, 다른 개들과도 잘 지내는 성격 좋은 '꿀 개'다. 거기에다 강아지 땐 뭘 해도 예쁠 때라 우리는 '앉아'만 알아들어도 까무러치고, 손만 줘도 자지러지며 기뻐했다. 호삼이가 얼마나 귀엽고 예쁜지 정수리에 매일 뽀뽀를 쏟아부으며 어화둥둥 우리 '호째미 우쭈쭈쭈' 하며 지냈다. 그렇다 보니 SNS에도 호이보다는 호삼이 사진이 많아졌다. 그러자 어느 날부턴가 SNS상에서 내가 너무 호삼이만 편애한다는 말이 나오기 시작했다.

아니, 내가 호이를 얼마나 사랑하는데, 호삼이를 편애한다고 말한다면 정말이지 그 시선 참으로, 후후후, 정확하고 예리하다. 나는 호삼이를 편애한다. 만지려고 하면 싫다고 자리를 쓱 피하는 호이보다는 더 만져 달라고 애교를 피우는 호삼이를 어떻게 편애를 하지 않을 수 있단 말인가? 공명정대하게 내 사랑을 호호브로와 나누려 해도 그건 참으로 어려운 일이다.

내가 너무 대놓고 호삼이를 편애하다 보니 호이를 강아지 시절부터 예뻐하던 '랜선 이모'들은 찬밥인 호이를 짠하게 보기 시작했고, 호삼이의 사진 사이사이에 호이 사진이 간간이 올라올 때면 사실은 호삼이보다 호이를 좋아했노라며 숨겨 두었던 사랑을 고백하기에 이르렀다.

난 이로써 열 손가락 깨물어 안 아픈 손가락 없다는 부모님들의 전매특허 레퍼토리가 사실 거짓말이라는 걸 알게 되었다. 인정할 건 인정하자. 분명히 있다. 조금 더 예쁘고, 조금 더 정이 가는 녀석이. 다만 호이는 제주라는 낯선 환경에서 새로운 일을 시작하며 키우게 된 나의 첫 개다. 몸으로 일일이 부딪히고, 깨우치며, 시행착오를 함께 겪었기에 고맙고 미안한 마음이 크다. 거기에 첫정이라는 것도 있어서 애틋함과 짠한 마음이 있다. 반면 호삼이는 이제 호이보다 덩치는 더 커졌지만 여전히 애기 같고 막내 같다. 형이 어렵게 닦아 둔 길을 쉽게 걸어가는 게 하나도 밉지 않은 둘째라고나 할까?

앞으로도 호삼이에 대한 편애는 쭈욱 지속될 전망이다.

#호삼이저밭보여? #저밭크기만큼호삼일사랑해 #호이는안보인다개

오름에 오름

여름이 오면 바다로, 가을과 초겨울에는 오름으로 개와 함께 산책을 떠난다. 가을의 오름은 한여름과 다르게 진드기도 별로 없고, 공기가 선선해 한참을 달려도 지치지 않는다. 호이가 어렸을 적에는 오조리에 있는 식산봉을 시작으로 지미봉, 아끈다랑쉬오름, 백약이오름 등을 같이 올랐다. 그 당시만 해도 오름에는 사람이 그리 많지 않아서 호이와 함께 오름에 오르는 것이 여러모로 부담스럽지 않았다.

호이와 계속 오름을 다닐 수 있었다면 좋았겠지만, 호이는 나이가 들어갈수록 오름에 풀어 주면 불러도 돌아오지 않아 함께 오름에 가는 횟수가 줄어들 수밖에 없었다.

그러나 호삼이는 달랐다. 오라고 하면 멀리 있다가도 망설이지 않고 바로 돌아와 우리를 안심시켰다. 호삼이는 동네 식산봉 말고는 다른 오름에 가본 적이 없어서 우리는 호삼이를 데리고 다른 오름에도 올라 보기로 했다.

처음 찾은 곳은 아부오름이었다. 아부오름은 동쪽의 많은 오름들 중에서 내가 가장 좋아하는 오름이다. 간혹 게스트 분들께 추천을 드리기도 하는데, 열 명에게 추천을 하면 열 명 다 최고라고 말할 정도로 아름다운 곳이다.

아부오름은 정상까지 10분이면 오를 수 있는 낮은 오름이다. 정상에 오르면 송당 전체가 다 보이고, 분화구 안쪽으로는 삼나무가 가득 심어져 있어 오르는 수고로움에 비해 보이는 풍경이 장관이다. 오름에는 주변 목장에서 사육하는 소들이 자유롭게 돌아다니는데, 소똥이 많아서 진드기가 있지만 가을, 겨울에는 좀 덜한 편이다. 그래도 진드기 목걸이나 진드기 스프레이를 뿌려 주고, 돌아와서는 꼭 샅샅이 체크해 줘야 한다.

둘레길에 올라서니 인적이 없어 호삼이를 풀어 두고 길을 걸었다. 중산간에서 볼 수 있는 까마귀가 호삼이를 보고 놀라 까악 울기도 했다. 호삼이도 처음 보는 까마귀가 신기한지 펄쩍펄쩍 뛰며 쫓아다녔다.

도시에서 개를 키울 때는 상상하지 못한 풍경이었다. 빠꼼이와는 산책을 하려면 엘리베이터를 타고 지상으로 내려가 아파트 산책로를 따라 걸었다. 혹여나 개를 싫어하는 사람을 만나면 어쩌나 싶어 인적이 드문 길로만 다녔다. 서울에서는 동물병원도 걸어갈 만큼 가까웠기 때문에 차를 타고 갈 일도 없었다. 종종 한강에 데려가기도 하고, 개들이 입장 가능한 펜션을 데리고 가기도 했지만 자주 있는 일은 아니었다. 하지만 이곳 제주는 집 밖을 나가면 올레길이고, 수영을 좋아하는 개라면 바다에, 숲을 좋아하는 개라면 오름에 갈 수 있다. 리트리버를 키우는 친구는 여름이면 퇴근 후에 늘 개들과 바다로 간다. 숲을 좋아하는 친구는 주말이면 개와 함께 숲으로 향한다. 바닷가 앞에 사는 친구는 개와 함께하는 해안가 산책으로 아침을 시작한다.

눈앞에 펼쳐진 송당의 풍경, 유유자적 흐르는 구름, 구름 사이를 오가는 햇살, 앞서 뛰는 호삼이와 서점장. 그걸 보고 있노라면 '아! 이게 제주에 사는 맛이지!' 싶다.

나의 기쁨, 호삼

2015년에 서점장이 한 일 중 가장 잘한 일은 호삼이를 주워 온 일이다. 농담이 아니라 진담이다. 호삼이가 우리 집에 온 첫날부터 지금까지 키우게 된 것을 단 한순간도 후회한 적이 없다. 오히려 "입양을 보냈으면 어쩔 뻔했나?" 하고 심장이 쿵 내려앉는 순간이 있을 정도다. 어느 날 갑자기 "제가 호삼이 주인인데, 잘 키워 준 건 고맙지만 이제 그만 데리고 갈게요." 하면 어쩌지 하는 생각에 두려움을 느낄 정도로, 나는 호삼이를 너무나도 좋아한다.

호삼이를 좋아하는 이유야 백 가지도 댈 수 있는데, 그중에 '촉감'도 큰 몫을 차지한다. "호삼아!" 하고 부르면 호삼이는 언제든 내게로 와

기대거나 안긴다. 보들보들한 귀, 하루 종일 쓰다듬어도 질리지 않을
것 같은 이마, 나를 보는 까만 눈, 촉촉한 코, 긴 다리, 복슬복슬한 엉덩
이 털……. 그걸 내가 원할 때, 원하는 만큼 만질 수 있다는 것은 큰 기
쁨이다.

호이는 조금만 만지려고 해도 으르렁거리거나 피해 버리기 일쑤고
간식이 있을 때만 친한 척을 하니 사랑을 주고 싶어도 줄 수 없는 아쉬
움이 있다. 그래서 호이 몫까지 호삼이를 두 배 많이 만지는데, 나만 아
니라 서점장도 호삼이를 만져 대니 호삼이는 조금 귀찮을지도 모르겠
다. 그럼에도 호삼이는 늘 한결같이 우리만 보면 반가워해 주고, 이름

#대자연스튜디오 #꽃개 #나의기쁨 #호삼이

부르면 와 주니 그저 고마울 따름이다.

호삼이는 나의 기쁨이요, 호이는 나의 아픈 손가락이다. 호이만 홀로 키웠으면 몰랐을 기쁨을 호삼이가 채워 준다. 호삼이는 유독 거리의 개들에게 잘 물리는 호이를 위해 같이 싸워 주기도 하고, 여전히 말썽을 피우는 비글미 넘치는 형을 말리기도 한다. 때론 샘이 많아 형을 괴롭히기도 하지만 호이에게도 호삼이는 좋은 친구다.

언젠가는 호이도, 호삼이도 아픈 날이 올 것이다. 호삼이는 세 살인데 오른쪽 눈에 백내장이 왔고, 리트리버들이 자주 걸린다는 피부병도 생겼다. 호이는 슬개골이 아프고, 얼마 전에는 꼬리 통증으로 꽤 고생도 했다. 비글 특성상 귀가 덮여 있어 귓병도 자주 생긴다. 이렇게 잔병치레들을 하며 우리는 살아가는 중이다. 남겨진 시간이 얼마쯤일지 보장할 수 없지만 함께하는 동안만큼은 호이와 호삼이의 보호자로서 이들을 지켜 줘야 한다고 생각한다. 호호브로는 그저 환하게 웃어 주며 존재 자체로 내 기쁨이 되어 주면 될 일이다.

둘이 합쳐
호호브로

사료에 대한 식성

호이 폭식&대식가 스타일
호삼 소식가 스타일

장난감 타입

호이 물어 올 수 있는 공을 선호
호삼 물고 흔들 수 있는 인형 선호

훈련 스타일

호이 간식만 있다면 뭐든지 가능
호삼 배우고 싶은 것만 습득

간식을 대하는 자세

호이 안 줄 것 같으면 포기가 빠름
호삼 줄 때까지 애교를 피움

다른 강아지와의 친밀도

호이 그 누구도 관심 없음
호삼 그 누구라도 친구가 되고 싶음

너희들은 나에게
배신감을 **줬어**

긴 여행을 떠날 때면 호이와 호삼이를 송당에 있는 훈련소에 호텔링을 맡긴다. 육지에 살면 동물병원에 일정 기간 맡기는 호텔링이나 가정에서 하는 펫시어터, 호텔링이 가능한 애견 카페, 훈련소 등 다양한 돌봄 채널이 존재한다. 하지만 내가 사는 제주에서는 선택지가 다양하지않다. 3박 4일이나 4박 5일 정도, 그러니까 일주일이 넘지 않는 여행은우리 집과 5분 거리에 있는 신아에게 부탁해서 아침과 저녁에 사료를챙겨 주고 오전, 오후 산책과 밤 배변 산책을 부탁한다. 이것도 쉬운 일은 아니지만 그래도 다행히 호이와 잘 지내는 신아이기에 믿고 맡길 수있다.

일주일 이상 보름, 한 달 정도 육지나 해외여행을 떠날 때는 훈련소에 호텔링을 맡긴다. 처음 호텔링을 맡길 때 호이는 훈련을 받은 적이 있어서 훈련소가 익숙하겠지만, 호삼이는 처음 가는 거라 맡기기 전부터 우리는 걱정이 많았다.

"호삼이 잘할 수 있을까?"

"호삼이는 예민해서 밥도 안 먹고 토하고 아프면 어떻게 하지?"

우리에게는 애교 많은 사랑둥이지만 평소 호삼이는 예민한 편이다. 사료가 바뀌면 밥을 거부하고, 입이 짧아 정량의 사료도 다 먹지 못해 오전 내내 나눠서 먹여야 하며, 조금만 불편하면 토를 하는 녀석이다.

여행 당일, 호이와 호삼이를 데리고 훈련소가 있는 송당으로 갔다. 호이는 익숙한 곳이라고 쓱 들어가는데, 호삼이는 어리둥절해하다 형이 들어가니 일단은 따라 들어갔다.

호삼이는 다양한 개들이 뿜어내는 냄새에 코를 킁킁거렸다. 하지만 말려들어 간 꼬리, 머리 뒤로 착 붙은 귀를 보니 겁을 잔뜩 집어먹은 것 같았다. 그런 호삼이와 다르게 호이는 벌써 저 멀리까지 가서 마킹을 하며 영역 표시를 하고 있었다.

나는 선생님께 호이와 호삼이의 패딩을 주면서 추우면 입혀 달라고 당부하고는 어서 가자고 서점장을 재촉했다. 마음을 굳게 먹었기에 눈을 질끈 감았다. 차를 타고 오는 길에 저 멀리서 호이와 호삼이의 울음소리가 들려왔다. 나는 아무렇지 않은 척 마음을 부여잡고 집으로 돌아왔다. 호이와 호삼이가 없는 집은 개 두 마리가 없을 뿐인데 집이 텅 빈 것 같았다.

반려동물을 키우는 사람이라면 다들 느껴 봤겠지만, 녀석들을 두고 여행을 떠날 때는 한없이 미안한 마음이 생길 때가 있다. 주변을 보면 반려동물을 키우는 동안은 장기여행 자체를 아예 생각하지 않는 사람도 있다. 그들은 반려동물이 무지개다리를 건너면 그때 해외여행을 떠나거나, 외박을 자유롭게 할 거라고 이야기한다. 모든 삶이 반려동물과 함께하는 데 초점이 맞춰 있는 것이다. 개인의 가치관에 따라 다르겠지만, 나는 믿고 맡길 곳이 있다면 일상에서 잠시 벗어나는 것도 삶에서 아주 중요하다고 생각한다. 게스트하우스를 운영하며 매일매일 여행 온 사람들을 만나는 내 입장에서는 개들을 이유로 삶에서 중요한 비중을 차지하는 '여행'을 미룰 순 없었다.

하지만 생각은 생각일 뿐 결심을 실행하는 데는 굳은 용기가 필요하다. 여행을 떠나려고 집단속을 하던 중 아니나 다를까 호삼이가 밥을 먹지 않고 있다는 소식이 전해져 왔다. 원래 입이 짧은 편이니 너무 걱정하시지 않아도 된다고 훈련소 선생님을 안심시키고, 마음 내키면 먹을 테니 걱정 말라고 일러두었지만 서점장과 나의 걱정은 한라산만큼 높아만 갔다.

여행을 가는 게 맞는 건지 확신이 들지 않아 초초할 때쯤 "호삼이 밥 잘 먹었어요." 하는 카톡이 왔다. 다행이 아닐 수 없었다. 우리는 걱정을 한시름 놓고 여행지로 향했다. 반려동물이 주인과 떨어질 때 불안을 느끼는 것을 분리불안이라고 한다. 우리는 반대였다. 개와 떨어져서 불안을 느끼고 있었다.

그렇게 며칠이 지났을까? 개들을 걱정하는 마음이 여행 중에도 이어지는 와중에 해맑게 웃고 있는 호이와 호삼이의 사진이 도착했다. 사람의 마음이란 참으로 복잡 미묘하다. 잘 지내지 못할까 봐 전전긍긍하던 마음은 어느새 배신감으로 바뀌기 시작했다. '지금 웃고 있는 거지? 우리랑 떨어진 지 얼마나 됐다고 이래?' 하는 생각이 들면서도 밝은 표정을 보니 정말 행복하게 지내는 것 같아서 안심도 되었다. 역시 개나 견주나 여행을 떠나 봐야 서로의 소중함과 숨겨진 진심을 더 알게 된다.

#생긴건다르지만 #형제애가있다개

우리들의 커뮤니케이션

　호이와 호삼이가 아는 사람의 언어는 얼마나 될까? 호호브로는 각자 할 줄 아는 게 조금씩 다르다.

　우선 호이는 '앉아, 손, 반대쪽 손, 턱, 코, 엎드려, 누워, 호이 빵!(몸을 뒹군다), 인사, 호이 짖어, 호이 공 어디 있어? 호이야 ○○ 어디 있어? (사람을 찾는다), 호이 빠빠 먹을까? 우유, 기다려, 이리 와, 뛰어, 집에 들어가' 등을 안다. 최근에는 종을 치며 간식을 요청하는 '웨이터!'라는 명령어도 알게 됐다.

　호삼이는 '앉아, 손, 반대쪽 손, 턱, 코, 엎드려, 기다려, 집에 들어가, 호삼이 안녕(콜백 사인), 간식, 빠빠, 우유' 등 기본적인 명령어들과 단어들을 알고, 장난감을 던져 주고 '가지고 와'라고 하면 가지고 오는 행동을 한다. 거기에 '방석!' 하면 방석이 놓인 곳에 가서 앉는다.

그렇다면 나는 호이와 호삼이의 언어를 잘 알아들을까? 아무리 생각해도 그들이 알아듣는 사람의 언어보다 내가 알아듣는 개의 언어가 훨씬 적다. "넌 왜 말을 못해, 아프면 말을 해야지." 간혹 뒤늦게 아픈 걸 발견하면 나도 모르게 말을 왜 하지 않느냐고 탓하기도 하는데, 어쩌면 개들은 이미 저들만의 언어로 나에게 사인을 보냈을지도 모른다. 그럴 때면 정말 내 개들이 말을 하면 좋겠다는 생각을 한다.

모든 관계에는 노력이 따른다. 상대에 대한 사랑과 애정이 많을수록 나는 상대를 향한 노력 또한 동반되어야 한다고 생각한다. 그렇게 봤을 때 호이와 호삼이는 사람의 말을 알아들으려 애쓰고 저렇게 아는 단어가 많은데, 나는 너무 노력을 하지 않는 것은 아닌가 싶다. 그 후로 나는 개들의 언어인 카밍 시그널을 찾아보기 시작했다. 그리고 평소 호이와 호삼이가 하는 행동들을 관찰했더니 몇몇 가지의 행동의 숨은 의미를 알 수 있게 되었다.

호이

· 밥그릇을 두들기거나 밥그릇 앞에서 울 때 → "밥 더 줘."

· 화장실을 서성거릴 때 → "물이 다 떨어졌잖아. 물을 채워 줘."

· 카페 잡지꽂이에 꽂힌 잡지를 발로 찰 때

    → "이제 너희들끼리 그만 놀고 나 좀 봐 줘."

· 친한 사람을 볼 경우 집에 들어갔다 나오며 꼬리를 흔들 때

    → "네가 너무 반가워서 무언가를 주고 싶은데 아무것도 없어 아쉽네."

호삼

· 장난감 박스에 코를 대고 있을 때

    → "이 안에 있는 장난감으로 나랑 같이 놀아 줘."

· 호이 형아를 주둥이로 쿡쿡 찌를 때 → "형, 심심해. 나랑 놀자."

· 산책 시 호이의 몸줄을 물려고 하면

    → "빨리 와. 나랑 속도 좀 맞춰 줘. 나는 기분이 너무 좋단 말이야."

· 밥 먹고 있을 때 손을 주며 쳐다볼 때 → "어이, 그것 좀 나눠 먹지?"

· 훈련소에서 지내다 오랜만에 우리를 보았을 때

    → "왜 이제 왔어? 보고 싶어 죽는 줄 알았잖아?"

이 외에도 더 있을 것이다. 호이와 호삼이는 눈빛으로, 소리로, 몸짓으로 나에게 계속 말을 걸어오고 있다. 그들이 우리의 명령어를 잘 알아들어 주듯 우리도 관찰과 애정으로 개들을 보면 분명 많은 것들을 알아들을 수 있다고 생각한다. 그럼 어느 날은 나란히 앉아 "있잖아, 오늘 말이야. 내가 무슨 일이 있었느냐면……" 하고 서로의 하루를 이야기하는 날도 오지 않을까?

#5분전에백구지나갔다개 #아니라개7분전이라개

꽃길만 걷자

봄이면 제주도는 어느 곳보다 화사하다. 노란 유채꽃이 여기저기서 봄을 알리고 벚꽃이 만발한다. 제주도에는 유채와 벚꽃을 한 번에 볼 수 있는 '가시리'라는 마을이 있다. 지금은 무척 유명해져 유채꽃 축제까지 열리지만, 예전에는 사람들이 잘 모르는 숨은 꽃길이라 드라이브하기에 좋았다. 우리는 사람들이 붐빌까 걱정하면서도 봄을 느끼기에는 그만한 곳이 없어 호호브로를 태우고 가시리 유채꽃 길을 산책하기로 했다.

사람이 많아지면 개들을 데리고 산책하는 게 민폐가 될 수 있기에 우리는 일찌감치 새벽에 출발하기로 했다. 아침잠 많은 서점장을 설득하는 게 쉽지는 않았지만 '올 봄의 소원'이라고 했더니 못 이기는 척 일어났다. 우리는 새벽 6시 30분부터 일어나 꽃놀이 준비를 시작했다. 아침부터 분주한 움직임을 어리둥절 바라보는 호호브로를 데리고 우리는 가시리로 향했다.

여행 가기 싫다는 가족들을 차에 태우고 혼자 룰루랄라 하며 '이런 게 가족의 화목이고 행복이지.' 하고 혼자 좋아하는 아빠가 된 것 같았다. 하지만 '그건 아마도 내 기분 탓일 거야. 다들 거기에 도착하면 좋아할 거야.'라고 생각하며 목적지에 도착했다.

해가 어슴푸레 뜨는 가시리에 도착했더니 예상대로 그 시간에는 차도 사람도 없었다. 호이와 호삼이와 함께 우리는 산책을 시작했다. 하늘하늘 유채꽃이 흔들리며 특유의 향을 내뿜고 이른 벚꽃 잎은 벌써 떨어져 인도에 꽃길을 만들어 주었다. 개들은 낯선 장소에서 산책을 하니 연신 냄새를 맡으며 영역 표시를 하기 바빴다.

찬찬히 꽃을 구경하며 유유자적 걷고 싶지만 현실은 힘센 두 개들에게 이끌려 가는 형국이었다. 그래도 사진도 많이 찍고 즐겁게 놀아서 역시나 오길 잘했다고 생각하고 있는데, 서점장의 얼굴을 보니 아직도 얼굴에 잠이 가득했다. 반면 호이랑 호삼이는 혀를 쏙 빼고 헤헤 거리는 게 기분이 좋아 보였다. 휴, 안심이다. 넷 중에 셋이나 행복했으면 됐지? 그치? 호이, 호삼?

#우리식구 #꽃길만걷자개

우리는 모두
돌아갈 집이 있어야 한다

"길 위에 있던 작은 생명이 집과 주인을 찾았다."

이 짧은 한 문장에는 많은 의미가 담겨 있다.

사람들의 발길질에 쫓기며 사람을 피해 다니던 떠돌이 개에서 사람의 손길을 좋아하는 개가 되었다는 말이고, 굶주림에 쓰레기통을 뒤지며 다니던 떠돌이 생활에서 맛있는 사료와 간식을 먹을 수 있는 안락한 생활로 변했다는 말이다. 비바람과 살을 에는 듯한 추위, 혀가 쏙 빠지는 더위에 대책 없이 당하지 않아도 된다는 말이고, 날씨에 맞게 산책을 다니며 계절의 변화를 느낄 수 있다는 말이다. 수명이 2~3년에서 10~15년으로 늘어났다는 말이고, 견주라는 평생 친구가 생겼다는 말이다.

호삼이는 집이 없는 떠돌이 개였다. '개'라고 하기에 너무 작은 '강아지'였고, 너무나도 귀여운 생명체였기 때문에 우리가 아니라도 분명 좋은 주인을 만났을 것이다. 그래서 나는 더욱더 호삼이의 존재에, 인연에 감사한다.

개 두 마리와 함께하는 삶을 생각해 본 적이 없었다. 당연히 준비해놓은 것도 없었다. 때문에 불편한 점은 한두 가지가 아니었다. 집은 좁아졌고 개들의 물건으로 어수선했다. 호삼이는 장모종이라 털이 많이 빠졌고 청소도 그만큼 잦아졌다. 산책도 무척 힘들었다. 호이 한 마리만 산책할 때와 달리 두 마리를 동시에 데리고 나가는 것은 힘든 일이었다. 개들이 한쪽 길로만 나란히 걷는 게 아니라, 하나는 저쪽 냄새를 맡겠다고 달려가고 하나는 지금 이쪽 냄새를 놓치고 싶지 않다고 한다. 그러면 나는 꼼짝없이 팔이 좍악 벌어지는 형국이 된다. 그런 일은 약과다. 호삼이의 경우 꿩이나 고양이 등 다른 동물에 빠르게 반응해서 갑자기 뛰어나가곤 하는데, 그때 무방비로 있다가 몸이 딸려 나가기라도 하면 내 고질병인 허리나 무릎에 무리가 오기도 한다. 서점장 역시 호삼이가 갑작스레 뛰어나가는 통에 어깨 통증으로 한동안 고생했다. 그래서 우리는 호삼이 때문에 생긴 통증을 '호삼통'이라고 불렀다.

호이가 비글의 유전병인 귓병이나 비만 등에 쉽게 걸린다면 호삼이는 골든리트리버가 섞여서 그런지 피부병에 자주 걸렸다. 눈에도 무슨 문제가 생긴 건지 어린 나이에 백내장이 찾아와 현재는 안약을 넣으며 지켜보는 중이다. 이렇게 개 두 마리는 한 마리보다 두 배, 네 배의 고민이 생긴다. 그래도 두 마리를 다시 키우겠느냐고 묻는다면 나는 망설임 없이 "예스!"라고 대답할 수 있다.

길에서 들개에게 물릴 뻔한 호이를 지켜 주는 호삼이의 용맹함에서, 호이가 혼날 때 눈치껏 말을 잘 듣는 호삼이의 성격에서, 호이가 잘못하면 나와 호이 사이에 끼어들어 말리는 호삼이의 행동에서, 장난치고 싶으면 호이의 다리를 무는 장난기 가득한 호삼이의 얼굴에서 나는 오늘도 호삼이의 집이 되어 주길 잘했다, 호삼이의 견주가 되길 잘했다 생각한다.

©박두산

운명을 바꾼 개 김신

이름 김신
성별 ♂
고향 오조리
출생 5살 추정

좋아하는 것

임시 견주인 신아 누나,
호호브로 따라 산책 가기,
훈련소에서 만난 선생님, 백구 꽁무니,
동네 모든 암컷 개들,
전국 각지에서 몰려온 맛있는 간식

싫어하는 것

전 주인, 병원 갈 때 채워지는 입마개,
너무 아픈 주사, 마당에 묶여 지내는 시간,
동네 수컷 개들

#너는누구? #뉴페이스의등장

어떤 겨울 손님

가을에서 겨울로 넘어가는 길목에 접어들면 언제나 그렇듯 오조리 골목 어귀에는 주인에게 방치된 개들이 떠돌았다. 그 개들은 얼굴을 익혔다 싶으면 이내 어딘가로 사라지고 그 자리에 다시 새로운 개들이 나타나고는 또 사라졌다. 그런 일들이 반복되던 어느 날이었다.

호호브로와 동네 한 바퀴를 산책하는데 웬 새카만 개 한 마리가 밭에 누워 있었다. 호이는 다른 견주와 함께 있는 개를 향해서는 굉장히 예민하게 짖고, 으르렁거리고, 등 털을 곤추세우는 반면, 동네를 떠도는 개들에게는 마주쳐도 잠시 냄새만 맡을 뿐 절대 싸우거나 짖거나 적대시하지 않았다. 호이는 그 검은 개에게도 그랬다. 검은 개 역시 암컷 백구의 동태를 살피며 누워 있을 뿐 호이와 호삼이에게는 별다른 관심이 없었다. 커다란 덩치에 검은 털, 표정 없는 얼굴 때문에 밤에 마주치기라도 하면 꽤 무서울 것 같았다. 검은 개를 보자니 동네 산책이 조심스러워졌다. 검은 개의 공격성이 어느 정도인지 파악할 수 없었고, 일단 첫인상부터가 좋지 않았다. 그렇게 하루, 이틀, 삼 일, 일주일……. 산책할 때마다 나는 계속 그 검은 개와 마주쳤다. 나는 아이에게 친구를 가려 사귀어야 한다고 가르치는 어떤 부모처럼 검은 개와 친해지지 않도록 호이랑 호삼이를 단속시켰다. 그럴 수밖에 없는 것이 호호브로가 검은 개 앞을 지나갈 때 검은 개가 날카로운 이빨로 호이의 리드줄을 끊어 버린 적이 있었던 것이다.

때때로 '저 녀석을 잃어버린 주인은 얼마나 속이 탈까?' 생각했다. 그러다가도 사람을 피해 다니고 눈치를 살피는 것을 보면 충분히 사랑받지 못하고 방치되어 지냈다고 생각되어 마음이 좋을 수는 없었다.

날은 추워지고 바람은 사납게 불었다. 제주도는 따뜻한 남쪽이지만 겨울에 칼바람이 불면 육지 못지않게 춥다. 검은 개는 내 마음을 아는지 모르는지 차디찬 제주 바람을 맞으며 허허벌판에 누워 있었다. 최대한 몸을 둥글게 웅크리고 있었지만 그다지 따뜻해 보이지 않는 초라한 모습으로.

"춥다, 빨리 가자."

호호브로를 앞세워 집으로 돌아가는 마음이 편하지 않았다.

야, 이거 먹고 가!

캑!

캑캑!

캑캑캑캑!

목에 가시가 걸린 듯, 숨이 막히는 듯, 괴롭게 기침하는 소리.

한겨울 들판 위에서 잠을 청하던 검은 개는 감기에 걸린 것 같았다. 그 기침이 어찌나 심한지 저러다가 무슨 일 나는 건 아닌가 싶을 정도였다.

그날 밤 호이가 검은 개와 비슷하게 캑캑거리기 시작했다. 낮에 잠깐 스치며 서로의 냄새를 맡더니 고새 감기를 옮은 걸까 싶어 속이 상

했다. 호이는 무는 개라 병원을 가지 못하기에 감기라도 사소하게 넘길
수 없었다.

마트에 가서 북어를 사고, 약국에 들러서 어린이 감기약을 샀다. 사
람 약이기는 해도 몸무게가 어린이와 크게 차이 나지 않으니 몸무게에
맞춰 먹이면 되지 않을까 싶었다. 수의사 선생님께 확인해 보니 다행히
도 어린이 감기약에는 개가 먹으면 위험해지는 성분이 없었다. 나는 호
이에게 북엇국을 끓여 먹이고, 감기약을 먹였다. 보일러를 틀고, 온몸
에 담요도 둘러 주었다. 호이를 살뜰히 보살피고 재운 뒤 밖으로 나오
는데 마침 검은 개가 집 앞을 지나가고 있었다.

"야! 이리 와!"

나는 검은 개를 불러 세웠다.

총총총 빠른 걸음으로 어딘가를 가던 검은 개는 "네? 저요?" 하는 표
정으로 잠시 멈춰서 나를 보더니 다시 자기가 가던 길을 걸어갔다.

나는 집에 들어가 사료를 얼른 챙겨 나와서 사료를 흔들어 보였다.

온다!

온다!

검은 개가

나에게로 온다.

배가 무척 고플 것 같아 급한 대로 손에 잡힌 막걸리 잔에 사료를 부어 주고, 그 사료 안에 호이가 먹고 남긴 감기약을 섞었다. 약인지 뭔지도 모르고 허겁지겁 먹는 녀석.

"이게 얼마나 너에게 도움이 될지는 모르겠지만 다른 개들에게 감기옮기지 말라고 주는 거야. 또 마주치면 사료랑 약 줄게."

그렇게 돌아서는 길. 내 마음이 1그램은 가벼워진 것 같았다.

#사료좀더주라개 #간에기별도안간다개

너의 이름은? '김신'

그날부터였다.

검은 개는 나를 졸졸 쫓아다녔다. 길에서 마주쳐도 아는 척도 하지 않고 그저 백구 꽁무니만 쫓는 녀석이었는데, 사료를 준 나를 사람 백구로 생각하는 건지 이젠 내 뒤만 쫓아다니기 시작했다.

호호브로를 앞세워 산책하는 길에는 어느새 그 녀석이 있었다. 그때 한참 TV에서 공유가 주연으로 나오는 드라마 「도깨비」가 내 마음을 빼앗고 있던 터였다. 넓은 들판에 쓸쓸하게 서 있는 몸, 우수에 찬 눈, 그리고 나를 지켜 주려는 듯 따라다니는 모양새가 꼭 드라마 속 도깨비 같기도 했다.

#오늘부터1일 #아니아니김신

아주 자세히 보면 그랬다. 나는 검은 개에게 "너 오늘부터 '김신'해."

라고 이름을 지어 주며 사적인 욕망을 채웠다.

내가 그의 이름을 불러주기 전에는

그는 다만 한 마리의 들짐승에 지나지 않았다.

내가 그의 이름을 불렀을 때

그는 나에게로 와서 '김신'이 되었다.

이름을 붙이는 일, 그것은 무겁고도 큰일이라는 걸 모르지 않았다.

다만, '이게 특별한 일이겠어? 그저 밀땅이에게 그랬던 것처럼, 많은 오조리 개들에게 그랬던 것처럼 떠도는 견생 배고프지만 않게 사료나 챙기지 뭐.'라고 나는 애써 가벼운 생각들로 마음의 짐을 덜었다.

예상치 못한 시나리오

김신은 들판에서 놀다가도 나를 보면 아는 체를 하고 따라왔다. 그 덕에 아침과 점심을 꼬박꼬박 얻어먹었고, 사료에 기호가 생기기 시작했으며, 약을 주면 이제 싫은 티도 제법 내서 사료에 섞어서 먹이기 점점 힘들어졌다. 호호브로가 산책을 가면 따라 나섰고, 하도 살갑게 나를 쫓아다녀서 옆집 할머니는 내가 또 개를 키우는 건 아닌지 걱정하실 정도였다.

고양이 밥을 주고 개밥을 주면서 이웃 분들의 눈치를 아주 보지 않은 것은 아니다. 떠돌이 개들은 할머니 밭에 들어가 망치기 일쑤였고, 고양이들은 할머니 밭을 화장실로 이용했다. 할머니나 할아버지는 동물들을 보기라도 하면 가차 없이 "씩씩!" 소리를 내며 쫓았지만 그렇다고 나에게 개나 고양이에게 밥을 주지 말라는 말씀은 하지 않으셨다. 그것만으로도 참 고마운 일인데, 할머니는 자신의 딸도 고양이를 자식처럼 살뜰히 키운다며 오히려 거리의 동물들을 챙기는 나를 예쁘다, 착하다 해 주셨다. 그러나 그런 할머니께도 김신은 거부감이 느껴지는 존재인 듯했다. 냉정하게 김신의 덩치는 컸고, 시커먼 털로 가득했고, 귀여움이라고는 찾아보려 해도 찾아볼 수 없는 거친 외모 탓에 겁이 나는 건 당연한 일이었다.

"짝짓기 하러 온 모양인데 밥을 좀 주고 있어요."

개를 더 키우는 건 아니라고 할머니를 안심시켜 드렸는데, 웬걸, 나의 말이 무색하게 김신은 게스트하우스 카페 입구에서 늘어지게 잠을 자기 시작했다. 사면이 휑했던 무 밭을 떠나 그래도 사면 중 한 면은 막힌 우리 집을 제 거처로 삼은 모양이었다.

"야! 이제 그만 너희 집으로 가!" 하고 말했다가 혹시나 집에서 버림이라도 받은 개면 어쩌지 하는 생각에 더 이상 그런 말은 내뱉지 못했다. 그렇다고 "야, 다시 들판으로 가!"라고 말 할 수도 없는 노릇이고.

호삼이를 막 입양했을 즈음에 동네에 어린 백구 한 마리가 나타난 적이 있었다. 그 녀석은 꼭 지금의 김신처럼 카페 문 앞에 앉아 '성냥팔이 견'처럼 안을 들여다보며 한참을 있곤 했는데, 그 모습이 너무 짠해 가슴이 아팠다. 호삼이도 고민 끝에 겨우 입양을 한 처지라 마음은 줄지 언정 공간을 내줄 여유는 없었다. 이 사연을 SNS에 올리자 사람들이 호삼이 동생 호사가 되는 것은 아니냐고 이야기했다. 사람들은 웃자고 쉽게 리플을 달지만, 막상 그 상황에 맞닥뜨리면 아무것도 해 줄 수 없는 스스로가 무능하게 느껴져 쉽게 예민해지고 만다.

아기 백구의 이름은 '누걸이'였는데, '누구 하나 걸리기만 해.'의 줄임 말이었다. 누걸이는 우리 집이나 신아네 집에 가서 '누구 하나만 걸려 주세요.'라고 애원하는 것 같은 처연한 얼굴을 하고 있었다. 너무 안쓰러워 호이의 훈련 선생님에게 의뢰해 입양처를 문의했는데, 마침 어린 백구를 키우고 싶다는 분이 있어서 운 좋게 입양을 보낼 수 있었다.

하지만 김신은 달랐다. 「나는 자연인이다」개 버전에 나와도 될 만큼 입양을 보낼 엄두조차 나지 않는 야생의 모습 그대로였다. 그런데 그런 김신이 누걸이처럼 카페 문 앞을 지키기 시작했다. 예상치 못한 상황에 당황한 건 옆집 할머니가 아닌 바로 나였다.

김신이 아니라 황장군

밥만 주면 자유롭게 동네를 떠돌며 살겠지 했던 내 생각은 보기 좋게 빗나갔다. 내 마음은 김신에게 전달되지 않았을 뿐더러 김신에게는 해당사항 밖이었다. 자기를 예쁘다 해 주는 곳인 것을 안 이상 아침, 저녁이 멀다 하고 게스트하우스 앞을 떠나지 않았다. 게스트하우스에 온 게스트들은 문 앞을 턱하니 지키고 있는 시커먼 김신을 보고 놀라기 일쑤였지만, 우직한 녀석의 모습을 보고는 어느새 마음을 빼앗겨 귀엽다고 쓰다듬어 주는 분들도 생기기 시작했다. 그러다 보니 녀석은 더더욱 이곳을 자기 놀이터처럼 생각하고 지내기 시작해 나의 시름은 깊어졌다. 봄이나 여름이면 그런가 보다 하고 밥이나 챙겨 주고 지내겠지만 지금은 겨울이었다. 녀석은 감기가 조금 나아지기는 했지만 여전히 기침을 달고 있었고, 제주의 겨울은 혹독하기만 했다. 게다가 그날은 눈까지 내리고 있었다. 제주에서 7년 넘게 살면서 제주는 생각보다 따뜻하지 않다는 사실 말고도 생각보다 눈이 자주 그리고 많이 온다는 걸 알게 되었는데, 그 날씨가 김신에게는 참으로 가혹해 보였다.

그날도 마찬가지였다. 낮부터 오던 눈이 밤이 되어도 그치지 않았고, 문을 나서면 칼바람에 눈보라가 쳤다. 모든 거리의 생명체들이 걱정될 만큼 온도는 떨어지고 있었는데, 그런 날도 어김없이 김신은 카페 앞을 지키고 있었다. 영화 「은행나무 침대」의 황장군이 개로 태어나면 이런 모습일까 싶게 김신은 쏟아지는 눈을 온몸으로 맞았다.

김신이 밖에서 그러고 있으니 영 잠이 오지 않았다. 정말이지 너무 추운 날이었다. 보일러를 켠 방에서는 호이와 호삼이가 가래떡처럼 늘어진 채로 자고 있었다. 그것을 보자니 마음은 더욱 괴로웠다. 카페에 설치된 카메라로 유리문 너머 최대한 동그랗게 말고 있는 김신의 등이 보였다. 이대론 안 되겠다! 나는 바닥에 깔려 있던 카펫을 집어 들고 밖으로 나갔다.

"야, 위에 올라가!"

카펫을 데크 위에 깔아 주고 올라가서 자라고 했지만 김신은 요지부동이었다. 김신은 카펫이 어색한지 눈이 쌓인 콘크리트 바닥에 다시 누워 버렸다.

"아니야! 그게 아니라고 여기, 여기에 올라와."

무거운 김신의 발을 끌고 한 짝 한 짝 겨우 옮기는데, 녀석은 녀석대로 안 가겠다고 고집을 피웠다.

"몰라, 알아서 해. 나 들어갈 거야."

김신은 내 마음을 아는지 모르는지 여전히 콘크리트 바닥에 누워 있었다.

한참을 지켜보다가 김신이 누워 있는 콘크리트 바닥에 카펫을 깔아 주니 이번에는 다시 데크로 갔다.

"아이고, 이 바보야……."

그렇게 실랑이를 벌이다가 나는 결국 김신에게 두 손 두 발 다 들었다.

"에휴, 네 마음대로 해."

들어와 한참 후에 다시 바깥을 보니 김신이 드디어 카펫 위에 누워 있었다.

한고비 넘겼다 싶었지만 여전히 마음은 불편했다. 그때 기록적인 영하 날씨에 쇼핑몰 센터가 문을 열고 떠돌이 개들을 재워 줬다는 외국 뉴스가 생각났다. 내가 카펫을 들고 들락날락 하느라 덩달아 잠을 못 자고 있는 서점장에게 "오늘 하루만 김신을 카페에서 재우는 건 어떨까?" 하고 이야기를 꺼내 보았다. 내 말을 들은 서점장은 '내 성격에 하루만 들일 리 없고, 김신을 들이게 되면 호이와 호삼이에게 다시 감기를 옮길 수 있으며, 김신도 안에서 지내 보지 않았기에 들여오기도 힘들고, 들어왔다가 밖으로 다시 내보낸다고 울기 시작하면 잠을 모두 설칠 것'이라는 합리적인 이유를 들어 나를 말렸다.

'그래…… . 카펫 위도 올라오기 힘들어하는 너를 카페로 들여오기도 쉽진 않겠지.'

내 생각이 짧았다는 걸 인정하고 나는 김신에 대한 염려를 접기로 했다. 그날 밤은 이 눈발이 조금이라도 그치기를 바라는 것밖에 내가 할 수 있는 게 없었다.

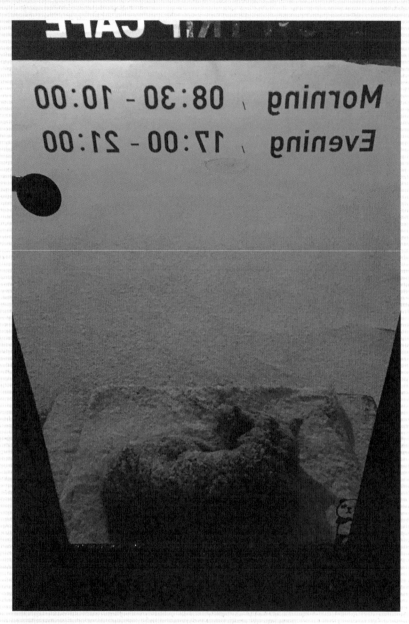

#나는괜찮다개 #전혀신경쓰지말라개 #부담그자체 #김신

겨울이 가면
반드시 봄은 오니까

이튿날 해가 밝아 오자마자 밖으로 나갔다.

카페 앞에는 김신이 없었지만 카펫 위에는 김신이 누웠던 몸 형체만큼 눈이 없는 것을 보니 방금 일어나 자리를 뜬 듯했다. 호호브로를 앞세워 김신이 우리 집 앞에 머물기 전에 은신처로 사용했던 장소로 가 보았다.

있다!

저 멀리 동네 친구들과 무리를 지어 다니는 김신이 보였다.

"야! 김신."

내 목소리에 김신이 이쪽을 힐끗 보더니 몸을 돌려 내게로 왔다.

"캑캑!"

"캑캑캑캑!"

숨이 가쁜지 기침을 하며 김신이 다가왔다. 뻣뻣한 털 위에는 눈이 녹아 방울방울 물기가 맺혀 있었다. 까만 눈 위에 알밤 같은 갈색 점 두 개가 멋진 네눈박이 김신. 어젯밤 혹독한 추위 속에서도 잘 버틴 자기를 칭찬해 달라는 듯 머리를 들이밀어 아는 체를 하기에 콧등과 넓은 미간 사이를 오가며 정성스레 쓰다듬어 주었다.

'다행이다. 정말 다행이다. 김신 말고도 백구들 모두들 간밤의 눈과 바람을 이겨 냈구나.' 괜스레 코끝이 찡했다.

'이렇게 추운데 너희들을 방치한 주인들은 발 뻗고 자고 있겠지?'

얼굴도 모르는 사람들을 원망하는 마음이 생겨났다.

'그래, 모두 애썼다. 오늘을 넘긴 것처럼 하루하루 살다 보면 봄이 오고, 여름이 오고, 그렇게 너희가 살기 조금 수월할 계절들이 올 거야. 그때까지 난 너희 밥을 잘 챙겨줄 테니 언제든 마당에 놀러 오렴. 그리고 이렇게 아는 척 해 줘서 무척 고맙다 녀석들아!'

이런 내 마음을 아는지 모르는지 개들은 눈밭을 신나게 뛰어놀았다. 호삼이까지 합세해 리사무소 운동장을 뛰어다녔다. 흰 눈이 소복하게 쌓인 운동장에 어제를 견뎌 낸 개들의 발자국으로 가득 채워졌다. 나도 눈을 뭉쳐 호이와 호삼이에게 던지며 장난을 걸었다.

#한걸음뒤엔 #항상내가있었는데

219

마음을 **확인한 날**

김신은 이제 대놓고 우리 집 마당을 자기 집인 것처럼 이용했다. 아침에 일어나면 카페 데크 위에서 나를 반겼고, 낮엔 실컷 놀다가도 해가 저물면 다시 마당으로 돌아왔다. 그사이 SNS에 올린 김신의 이야기 덕에 김신의 팬이 생기기 시작하면서 김신을 위해 간식을 가져다 주는 분이 생겼고, 제주에 여행을 왔다가 김신이 보고 싶어 들렀다며 캔을 한가득 사서 주는 분도 있었다. 게스트하우스에 놀러 온 게스트들도 김신을 알아보고 먼저 다가가 만져 주기도 했다. 그래서일까? 사람들의 애정을 받기 시작한 김신의 얼굴이 전보다 온순해지고 예뻐지는 것 같았다.

김신은 사람들에게 마음을 조금씩 열기 시작했다. 그렇게 점점 사랑으로 펴 가는 김신의 얼굴과 달리 내 얼굴은 걱정으로 어두워지고 있었다.

'대책 없이 계속 이렇게 지낼 순 없는데…….'

이런 내 마음을 눈치라도 챘던 걸까? 다음 날 아침부터 김신이 보이지 않기 시작했다. 호호브로와 산책하며 김신이 있을 만한 곳을 다 둘러봐도 김신은 보이지 않았다. 어제의 걱정이 무색하게 '이렇게 인사도 없이 사라지기냐? 또 다른 암컷 냄새라도 맡은 거니?' 하는 서운한 마음이 들었다.

기운이 쭉 빠진 채 신아를 찾아갔다. 신아 역시 김신을 보지 못했다고 했다. 나는 터덜터덜 집으로 돌아왔다. 그때였다. 글쎄, 김신이 데크 위에 천연덕스럽게 누워 있는 게 아닌가?

"야, 너! 하루 종일 어디 갔다 왔어?"

김신은 어리둥절해하면서도 자기 입장에서도 오늘 처음 본 내가 반가운지 꼬리를 흔들었다. 누가 봐도 그때만큼은 내가 김신의 견주처럼 보였을 것이다.

이때 알았다. 내가 이미 김신에게 마음을 빼앗겼다는 것을.

'아, 많이 사랑하는 사람이 약자인데. 이건 보나마나 내가 질 게 분명한데.'

#무심한듯시크하개 #밀당한다개

누나 육지에 좀 다녀올게

김신과의 에피소드를 SNS에 올릴수록 사람들은 내심 내가 김신을 키우기를 바라는 눈치였다. 유기동물을 구조하고, 임시보호를 하면서 사람들의 도움이 필요해 SNS에 사연을 올릴 때 가장 힘든 일은 바로 이 부분이다. 구조한 고양이나 개를 돌보는 것보다 지나가는 말로 "그냥 키우시면 되겠네요." "그 집 둘째로 들이세요." "계속 소식을 듣고 싶어요." "다른 곳에 입양 보내지 마세요." 등등의 말이 가장 힘들다.

선의에서 비롯된 말이라는 것도 알고, 안쓰럽고 계속 보고 싶은 마음 때문이라는 것 역시 알겠으나, 하나의 생명을 집에 들이고 책임을 지는 일은 간단한 일이 아니다. 그래서 구조할 때도 자신의 역량이 안 되면서 가엽다는 마음으로 덥석 집으로 들고 와 사람들에게 무조건 도와 달라고 계좌를 여는 것 또한 한 번쯤은 생각해 볼 일이다.

냉정하게 김신을 내가 입양한다는 것은 불가능에 가까운 일이었다. 우리에게는 각자의 삶이 있었다. 김신은 감기가 조금씩 나아지고 있었고, 오조리에서 지내면서 만난 떠돌이 개들이 그렇듯 잠깐 밥을 먹고, 동네 어귀에서 잠을 자고, 이곳을 거처 삼아 거리의 생활을 이어가겠거니 생각했다.

그때 마침 잠시 육지에 일이 있어서 3~4일 정도 집을 비우게 되었다. 서점장에게 호이와 호삼이의 산책을 부탁하고, 이웃 사는 신아에게도 김신을 잘 부탁한다고 일러두고 짐을 챙겨 집을 나섰다. 김신이 데크에서 햇빛을 받으며 누워 있기에 김신이 알아듣든 말든 인사를 건넸다.

"김신 잘 있어. 누나 이렇게 쫙 빼입으니까 몰라보겠지? 엄마, 아빠 만나러 육지에 가는 거야. 여기 누나들 말 잘 듣고 잘 지내고 있어. 금방 다녀올게."

오랜만에 육지에 가는 길이었다. 제주에 입도한 첫해는 한 달에 한 번은 꼭 육지에 갔다. 호이가 생기고 나서는 조금 덜할까 싶었지만, 그때 신아가 같이 살 때라 육지에 가는 데 어려움이 없었다. 그런데 어느새부턴가 점점 육지에 가는 일에 흥미를 잃었다. 부모님과 가족을 보는 일은 반갑고 좋지만, 그건 부모님이 제주도에 오면 되어서 꼭 내가 가

지 않아도 괜찮았다. 호삼이가 식구가 되고 나서는 육지에 가는 횟수가 더 줄었다. 그러다 보니 부모님을 너무 못 뵌 것 같아 이번에는 작정하고 부모님과 함께 여행을 하려던 참이었다.

　문제는 김신이었다. 김신에게 마음을 빼앗긴 나는 여행 중에도 김신 생각이 났다. 고모 댁으로 가는 시골집 길목에 김신을 꼭 닮은 블랙탄 강아지가 있어 그 개를 보는 것만으로도 기분이 좋아질 지경이었다.

　호이와 호삼이 그리고 김신까지, 더 나아가 김신 덕에 잠시 마당을 빼앗긴 고양이 놀무놀무, 라떼떼떼, 뉴규뉴규까지……. 나는 혼자 제주 도에 왔는데 이렇게나 많은 군식구들이 생겼다. 마음 한편이 든든하기도 했고, 책임감에 더럭 겁이 나기도 했다. 그래도 내가 하는 일이라면 언제든 발 벗고 나서 주는 신아가 있었고, 감정적이고 감성적인 나를 늘 이성의 길로 인도하는 서점장이 있었다. 나는 이번 여행을 끝내고 돌아가면 김신의 거처에 대해 진지하게 생각해 봐야겠다고 다짐을 했다.

반겨 줘서 고마워

제주공항에 도착하자마자 눈을 감고 공기를 한껏 들이마셨다. 키 높은 야자나무, 여행 온 들뜬 사람들 사이에서 내가 사는 곳이 제주라는 게 한없이 좋은 내가 섞여 있었다.

주차한 곳으로 서둘러 걸음을 옮겼다. 육지에서 운전을 많이 한 탓에 올 초부터 삐끗한 허리가 아파 왔지만 내가 살고 있는 곳으로 돌아왔다는 안도감과 충만함이 마음에 번져 통증이 크게 느껴지지는 않았다. 나고 자란 곳은 서울이건만 이제 나에게는 제주가 너무 편안했다. 스쳐 지나가는 풍경들 사이로 단 하루도 같지 않은 제주의 공기를 느끼며 집으로 돌아왔다.

집에 도착하니 내가 사랑하는 모든 것들이 나를 반겼다. 집 앞에서는 김신이 느리게 움직이며 꼬리를 쳤고, 카페 문을 열고 들어오니 호삼이가 펄쩍펄쩍 뛰며 반겨 주었다. 집을 몇 시간 비울 때는 나와서 반겨 주지 않았던 호이도 다가와 꼬리를 흔들어 주었다. 이렇게 나에게 조건 없는 사랑을 표현해 주는 존재들이 또 있을까?

짐을 풀고 조금 쉬다가 호호브로와 산책을 나섰다. 물론 김신도 함께.

"자! 가자."

일상으로 돌아왔음을 알리는 일은 산책만큼 좋은 게 없지. 허리가 조금 아프지만 천천히 걸으면 괜찮을 거야. 그렇게 우리 넷은 오랜만에 다시 길을 나섰다.

#일상을지키는힘 #우리만의산책시간

바베시아?
죽는 거야?

신이 나서 경중경중 뛰며 호이에게 장난을 거는 호삼이, 그런 호삼이가 귀찮은 호이, 그리고 그런 우리 뒤를 우직하게 따라오는 김신.

그런데 이상했다. 호이와 호삼이는 신난다고 냄새를 맡고 마킹을 하며 걷는데, 어느 순간부터 김신이 쫓아오지 못했다. 감기 때문에 힘에 부쳐 보일 때는 있었어도 이 정도인 적은 한 번도 없었다. 자세히 보니 걸음걸이도 이상했다. 로봇 같기도 하고, 다리가 각목처럼 딱딱해 보이기도 했다. 육지를 가기 전에는 이 정도까지는 아니었는데, 혹시 내가 없는 사이 교통사고를 당한 건 아닌가 싶을 정도로 걸음걸이가 부자연스러웠다. 김신이 따라오다가 멈춰 서서 그대로 앉아 숨을 고르고 있어서 산책을 길게 할 수가 없었다. 호호브로에게는 미안했지만 그만 집으로 돌아가야 할 것 같았다. 나는 신아를 불러 김신을 병원에 데려가 보기로 했다.

김신은 집 근처 놀이터에서 축 쳐진 채로 쉬고 있었다. 신아가 김신이 있는 곳으로 먼저 갔고, 나는 차를 김신 앞에 세웠다. 예전 같으면 덩치 큰 김신을 어떻게 차를 태우고 갈까 싶었겠지만, 그간 김신과 많이 친해진 덕분에 병원에 데리고 가는 일은 어렵지 않았다. 우리는 가까운 동네 동물병원으로 향했다.

수의사 선생님은 김신의 걸음걸이를 보더니 차에 치인 게 아니냐고 물었다. 며칠 집을 비워 정확하지는 않지만 그런 것 같지는 않다고 말씀드렸다. 선생님은 김신의 여기저기를 만져 보았다. 김신의 피를 뽑아 심장사상충 키트에 피를 묻히기도 했다. 김신은 심장사상충에 양성 반응이 나왔다. 심지어 초기가 아닌 후기라고 했다. 선생님은 주사기에 남은 피를 A4용지에 묻히더니 피가 너무 묽다고, 아무래도 바베시아라는 병에 걸린 것 같다고 진단했다. 바베시아는 진드기를 통해 생기는 병으로, 말이나 사람이 걸릴 경우 '말라리아'라 불린다고 했다. 쉽게 말해 빈혈 증상과 비슷한데, 산소 공급이 잘 되지 않아서 걷기 힘들고 금방 숨이 찰 거라고 했다. 그래서 산책할 때 그렇게 힘들어한 거구나…….

수의사 선생님은 이곳에서는 피 검사기가 없으니 동물위생연구소로 가서 의뢰를 맡기는 것이 좋겠다고 했다. 수의사 선생님 말로는 심장사 상충과 바베시아가 동시에 걸렸을 경우 생존 확률이 현저히 낮아진다고 했다. 떠돌이 개이고 돌볼 사람이 없을 테니 죽기 전까지 맛있는 거나 주면서 지내는 것은 어떻겠느냐고 말했다.

결국 김신은 죽을 운명이라는 이야기였다.

#바베시아가뭐냐개 #먹는거냐개

생존율은 반반
일단 살려 보자!

며칠 후 동물위생연구소에서 연락이 왔다. 바베시아 확진. 이제 생존율은 반반이었다. 치료를 할 거라면 빠른 결정을 내려야 했다. 나와 서점장, 신아가 모여서 회의를 시작했다. 나와 신아는 치료를 하자는 쪽이었고, 서점장의 생각은 조금 달랐다. 서점장은 현실적인 병원비 문제를 생각하고 있었다. 낯선 병인만큼 나 역시 병원비가 얼마가 나올지 걱정이 되는 건 사실이었다.

그간 김신을 돕겠다는 사람들이 몇몇 연락을 주던 터라 이참에 후원을 받아 볼까 하는 생각도 했다. 하지만 타인에게 도움을 받는다는 건 언젠간 다 갚아야 할 빚이었다. 우리는 후원을 받지 않는 쪽으로 의견을 모았다.

우리가 할 수 있는 선에서 할 수 있는 일을 하자. 셋의 의견을 모으느라 시간이 조금 걸렸지만 치료를 하다가 설령 죽는 한이 있더라도 그 편이 옳았다. 우리는 최종 결정을 내렸다. 오후가 넘은 시간이었다.

"김신, 바베시아 치료하겠습니다."

조금은 떨렸지만 단호한 목소리로 병원에 우리의 입장을 전했다.

원장님은 그렇다면 지금 바로 주사를 맞히자고 했다. 바베시아는 발견하는 즉시 치료를 할수록 살 확률이 높아지는 병이었다. 몸이 꼿꼿해진 김신을 다시 차에 태우고 병원으로 갔다. 그 길로 척추에 직접 놓는 아주 큰 주사 두 대를 맞았다. 무척 아픈 주사라 김신은 그동안 한 번도 하지 않았던 입질을 해서 우리 모두를 겁먹게 만들었다.

원장님은 김신이 오늘 밤만 이겨 내면 사는 거라고 말씀하셨다. 심장사상충은 오늘을 이겨 낸 후에야 치료할 수 있었다. 병원비는 다행히도 우리가 감당할 수 있는 수준으로 나왔다. 나와 신아가 운영하는 숙소를 찾은 손님들이 김신을 돕고 싶다며 십시일반 주고 간 돈이 있었기에 가능한 일이었다.

원장님은 주인 없는 개를 치료하겠다고 결정한 우리를 대단하다고 칭찬했다. 원장님 역시 아픈 개를 병원 앞에 두고 가는 일들이 많아 종종 곤란을 겪는 눈치였다.

신아는 김신의 치료 기간 동안 김신을 돌보겠다고 나서 주었다. 신아는 자기 아니면 대체 누가 김신을 보살피겠느냐며, 본인 마당에는 대문이 있어 김신을 돌보기 한결 나을 거라 말했다. 신아는 허리도 안 좋은 내가 호이와 호삼이에 이어 김신까지 돌보기는 무리라고 판단했을 것이다. 속 깊은 신아가 나는 너무나 고마웠다. 늘 있는 일이었다. 내가 감당할 수 없는 일이 생기면 신아와 서점장이 짐을 나누어 들어 주는 것이. 나보다 나이가 어린 두 사람이었지만 내가 늘 든든하게 생각할 수밖에 없는 존재들이었다.

김신의 임보는 신아라면 믿을 만했다. 히끄 역시 다쳐서 돌아왔을 때 자기가 살던 다락으로 데려가 약을 발라 주고 치료하며 정이 든 케이스가 아니었던가? 어쩌면 김신도 그렇게 될 수 있지 않을까?

바베시아도 이겨 내고 심장사상충까지 완치된 후에 입양 문제를 생각해야겠지만, 신아가 챙겨 준다고 나선 것만으로도 나는 어쩐지 큰 산을 넘은 것만 같았다.

오늘을 **견디면**
내일이 **온다**

이제 김신에게는 다른 선택은 없었다. 오직 생과 사만 남은 김신은 확률이 50:50인 주사를 맞았다. 그 주사는 견디면 살고, 못 견디면 죽는 약이었다. 약물의 강도가 세서 하루 동안 고통스러운 시간을 보낼 거라고 했다.

주사를 맞은 김신은 신아의 집으로 돌아왔다. 우리는 속수무책으로 다음 날이 되기를 기다리는 수밖에 없었다. 인스타그램에 '#김신이야기'라는 태그로 김신의 소식을 실시간으로 전하고 있던 터라 김신을 응원하는 랜선 이모와 삼촌들은 모두 같은 마음으로 밤을 보낼 수밖에 없게 되었다. 우리 모두 각기 다른 곳에서 김신을 응원했다.

살아나면 좋겠다. 이제 제법 웃는 법도 알게 됐는데, 그 미소가 계속되면 좋겠다. 음식 찌꺼기 같은 거 말고 맛있는 사료와 간식이 있다는 것도 알았으면 좋겠다. 정말 드라마 속 도깨비 김신처럼 천년만년 살았으면 좋겠다고 비는 밤이었다.

#시커먼거힘을내라냥 #히끄가응원한다냥 #흑과백

함께 만드는
선한 영향력

이른 새벽이었다. 밤새 잠을 설친 나는 옷을 챙겨 입고 신아네로 갔다. 김신은 살아 있었다. 기력이 쇠했는지 내가 오는 소리에 고개만 들 뿐 축 처져 있는 채로.

다행이다. 살았다. 됐다. 나는 눈물을 흘리면서 집으로 돌아왔다.

그리고 서점장에게 말했다.

"김신 살아 있어……."

아침이 되자 나는 다시 신아네 집으로 갔다. 신아의 말로는 김신은 밤새 괴로워 소리를 지르고, 고통스러워 바닥을 긁기도 했다고 한다. 그 소리를 듣는 게 너무 힘들어 신아 역시 밤새 잠을 설친 눈치였다. 그래도 가장 힘든 건 김신이었을 것이다. 그런 김신이 이겨 냈다. 우리는 안도의 한숨을 내뱉었다.

이제 사람들에게 알릴 시간이 되었다. 우리만큼 잠을 못 자고 김신의 안부를 걱정했을 사람들. 우리는 각자의 SNS에 김신의 안부를 전했다.

Re_밤새 너무 걱정돼 몇 번이고 인스타를 확인했어요. ♥

Re_눈물이 납니다. 김신 이겨 내자! ♥

Re_건강해져서 얼른 뛰쳐나가자! ♥

Re_계좌 열어 주세요. 함께 돕고 싶습니다. ♥

리플이 잔뜩 달렸다. 김신이 바베시아 치료에 들어간다고 했을 때부터 사람들은 후원 계좌를 열어 달라고 했다. 우리는 정말 도움이 필요하면 후원을 받겠다고 해 둔 터라 사람들은 계좌가 열리기만을 기다리고 있었다. 하지만 우리는 계좌를 열지 않았다. '정말 도움이 필요한' 순간이 오지 않았고, 우리가 감당할 수 있는 것을 도와 달라고 하면 우리보다 열악한 환경에서 도움을 필요로 하는 다른 동물의 기회를 뺏을 수 있다고 판단했다.

그럼에도 불구하고 후원은 이어졌다. 우리가 숙소를 운영하고 있는 걸 아는 인친들은 숙소 사이트에 들어와 계좌를 찾아내 '김신힘내라' '김신이겨라' '김신파이팅' 같은 이름으로 후원을 해 줬고, 숙소에 묵는 손님들과 제주에 여행 오신 분들이 일부러 오조리까지 들러 편지와 후원금을 손에 쥐여 주고 가셨다. 소간 파우더가 바베시아에 좋다는 글이 달리자 사람들은 앞다투어 소간 파우더부터 홍삼 파우더, 황태 파우더까지 매일매일 보내왔다.

개개인의 작은 움직임이 물결을 만들면서 큰 움직임으로 번지는 순간이었다. 김신은 이제 기력을 차릴 일만 남았다.

김신의 이사
임보의 시작

　김신은 신아네 집에서 본격적으로 생활을 하게 되었다. 신아에 대해 설명을 하자면, 신아는 제주도에 오기 전까지 동물과 함께 살아 본 적이 없고, 어렸을 땐 개에게 물렸던 기억이 있어 개를 무서워하기까지 했다. 신아가 개에게 처음으로 정을 준 건 호이였다. 본인이 직접 호이를 키우라고 권유한 것도 있었고, 호이의 엄마나 아빠, 형제들을 본 적이 있어서 그런지 신아는 호이를 각별하게 생각했다.

　호이를 키우고 얼마 안 되어서 내가 무릎 수술을 하는 바람에 산책을 할 수 없을 때가 있었는데, 반년 정도 꽤 긴 시간 동안 신아가 호이 산책을 도맡아 주었다. 훗날 신아는 호이를 산책시키는 일이 어떤 날은 당연하게 여겨지다가도, 어떤 날은 '내 개도 아닌데 내가 왜 이러고 있지?' 싶은 힘든 날도 있었다고 고백을 해 왔다. 실로 그건 너무나 당연한 일이었다.

호삼이 이전에는 히끄가 있었다. 히끄라고 해서 신아가 처음부터 대단한 정을 준 것은 아니었다. 그저 사장이 밥이나 주자고 하니 장단만 맞춰 주곤 했었다. 그러다 히끄가 다쳐서 나타났고, 신아도 제주에서 계속 살아야 하나, 육지에 가야 하나 하는 미래에 대한 고민이 많은 시기에 히끄를 간호하게 된 것이다.

혼란의 시기에 히끄는 신아에게 큰 힘이 되어 줬다. 그 시절에 히끄가 없었다면 제주로부터 도망쳤을지도 모른다고 신아는 회상한다. 그런 신아가 이제 김신을 맡게 되었다. 다른 사람도 아닌 신아라면 나 역시 김신을 믿고 맡길 수 있었다. 우리들의 집은 걸어서 5분 거리라 자주 가서 김신을 살필 수 있다는 이점도 있었다.

우리 집에서 신아네로 옮겨야 하는 김신의 살림은 단출했다. 눈이 아주 많이 내리던 날 처음 깔아 주었던 카펫, 남원에서 코지와 섭지라는 두 대형견을 기르는 지인에게 받은 커다란 개집이 전부였다.

신아네로 이사를 한 후에는 김신 전용의 예쁜 밥그릇이 생겼고, 심장 사상충 치료를 하면 물을 많이 먹는다고 해서 물그릇도 여기저기 늘어났다. 여기서나 거기서나 살림은 크게 다르지 않았으나 전국에서 모이

는 김신을 향한 사랑은 충만해서 부잣집 곳간마냥 김신에게 줄 사료와
파우더가 잔뜩 쌓였다.

#환영한다냥　#여긴기어들어와뛰쳐나가는집이다냥

반갑지만
안 반가운 척

    신아가 김신을 임보하게 된 결정적인 계기는 15일 동안 같은 시간에 심장사상충 약을 먹여야 하기 때문이었다. 김신은 심장사상충 후기여서 약을 이용해 조금씩 심장사상충을 녹인 후 주사를 맞아야 했다. 기간이 오래 걸렸다.

    우선 건강을 회복하는 일이 먼저였다. 김신은 덩치는 컸지만 갈비뼈가 보일 만큼 몸이 마르고 축나 있었다. 그래, 추운 겨울에 밖에서 제대로 먹는 것 없이 떠돌았으니 힘들었겠지.

    마당에 그냥 풀어 둘 수 없어 줄에 매어 두었으나 떠돌이 습성이 남아 답답할까 봐 줄을 길게 만들어 줬다. 신아네 집 옆으로는 밭이 있어서 김신은 목줄을 맨 채로 밭에서 놀기도 하고 배변도 했다. 진돗개의 습성상 배설물을 보이지 않게 처리하려고 해서 매번 산책을 다녀야 했지만 그 역시도 신아는 귀찮아하지 않았다. 김신과 함께 천천히 걸으며 산책하는 법을 알려 줬고, 똑똑한 김신은 앞으로 나서는 법 없이 차분히 신아를 뒤따라 다녔다.

심장사상충을 앓고 있는 개들은 흥분을 하면 안 된다. 너무 흥분하면 혈액이 빨리 돌아 녹고 있던 심장사상충들이 혈관을 막을 수 있기 때문이다. 그래서 우리는 종종 김신에게 놀러 가도 김신이 흥분하지 않게 '아, 내가 이 집에 놀러 왔는데 마침 김신이 있네?' 하는 마음가짐으로 갔다.

사랑이란 뭘까? 사랑을 준다는 것은 무엇이고 사랑은 받는다는 것은 또 무엇일까? 제때 밥을 주고, 만져 주고, 칭찬해 주고, 같이 산책을 하는 것만으로 남을 놀라게 하던 무서운 얼굴이 밝아지기 시작했다. 김신은 사람을 보면 꼬리를 치고, 아는 체해 달라고 다가왔다. 김신을 보고는 귀엽다고 말하는 사람들도 하나둘 늘어났다. 김신이 모든 병을 이겨 낸다면, 미래의 어느 날 정말 좋은 가족을 만날 수 있지 않을까? 사람들에게 위협을 주던 떠돌이 검은 개에서 사랑둥이로 개과천선할 수 있지 않을까?

나는 김신의 앞날에 기대를 걸고 있었다.

#신이형아어여나으라개

주인이 나타났다!

갈색의 두 눈, 두 눈 위로 칸쵸 과자 두 개를 얹어 둔 것 같은 황색의 동그란 털, 그 털은 주둥이 옆으로 멋스럽게 이어진다. 머리는 크고, 이마도 넓다. 혀는 핑크색. 코는 까맣고 크다. 덩치는 보통 진돗개보다 조금 더 크고, 꼬리는 둥글게 말려 있다. 다리는 곧고 두껍다. 네 발은 모두 황색 털로 뒤덮여 있다. 똥구멍 주변 털은 밝은 흰색이라 유독 크고 빛난다. 그래서 김신은 '빛나는 동근영'이라는 별명을 얻었다. 눈 위의 황색 털 때문에 '칸쵸 베이비'라는 별명도 생겼다. 관리가 안 된 탓도 있겠지만 털은 아주 거친데, 옛말에 개털 같다는 게 바로 이런 털을 말하나 싶게 뻣뻣하다. 어쨌거나 전체적으로 옷을 아주 예쁘게 입은 블랙

#너의주인은누굴까? #넌어디서온걸까?

탄이다.

신아는 입양 보낼 때를 대비해 입양자가 키우기 수월하라고 김신에게 '앉아' '손' '기다려' 등을 훈련을 하기 시작했다. 그렇게 교양을 쌓아 가다 보니 어느새 김신은 떠돌이 때를 벗고 똑똑하고 귀여운 개로 거듭나고 있었다.

날씨가 좋은 틈을 타 잡화점 앞에서 서점장과 신아 그리고 김신까지 모두 모여 점심을 먹기로 했던 어느 날이었다. 우리들은 작은 테이블에 둘러앉아 김신을 곁에 앉혀 두고 햄버거를 먹었다. 그때 우리 앞에 차 한대가 섰다.

차에서 웬 아저씨가 내렸다.

"혹시 이 개 주인이세요?"

"주인은 아닌데 왜 그러세요?"

아저씨는 김신이 자기가 키우던 개인 것 같다고 이야기했다.

"네? 아저씨가 주인이라고요?"

갑작스러운 주인의 등장에 우리는 동공이 커졌다. 그리고 김신을 쳐다봤다. 주인을 만난 개라면 응당 꼬리를 흔들어야 하는데, 김신은 우리 곁에 앉은 채로 햄버거 든 우리 손만을 보고 있었다. 주인이라는 사람을 전혀 모르는 것처럼 굴었다.

"진짜 주인 맞아요? 개가 전혀 아는 척을 하지 않는데요?"

그랬더니 그제야 원래 키우던 개인데 키울 환경이 되지 않아서 자기가 일하는 회사 사장님에게 줬고, 거기서 키우다가 그만 잃어버렸다고 털어놓았다. 아저씨는 김신 말고도 김신과 똑같은 블랙탄 암컷까지 두 마리를 키웠다며 사진을 보여 줬다.

앞에 김신을 묘사해 두기도 했지만, 블랙탄의 외모는 대체로 비슷하다. 사진 속의 개 두 마리도 크기만 달랐지 마치 쌍둥이 같았다. 아저씨가 김신이라고 말하는 개 역시 흐릿하게 찍힌 사진 덕에 김신인지 구별이 가지는 않았다.

아저씨는 김신을 4년 동안 키웠지만 지금은 엄밀히 따지면 주인은 아니어서 회사 위치만을 알아 두었다. 정말 김신의 주인이 있다면 우리는 만나 봐야 했다.

김신이 반기지 않는 환경인데 주인이라고 해서 다시 보내야 하는 것일까?

아저씨는 떠났고, 남겨진 우리는 더 이상 햄버거가 맛있지 않았다.

주인이 있으나
주인이 없다

우리는 다시 머리를 맞대고 의견을 모았다.

1. 개를 정말 좋아하는 집이라면 김신을 저렇게 방치했을 리 없다.
2. 김신을 잃어버렸다는 회사라는 곳도 동네에서 그리 멀지 않은데,
   찾으려고 노력했다면 김신을 언제든지 찾을 수 있었다.

그 외에도 많은 이야기가 나왔지만 우리끼리 의견을 나눠 봤자 아무
소용이 없었다. 개는 재산으로 인정되는 탓에 현행법을 따르자면 우리
는 엄밀히 타인의 재산을 취하고 있었다.

일단 주인을 찾아가야 했나. 낮 시간에 여유가 있는 신아와 내가 김신을 키웠다는 곳으로 가기로 했다. 차로 5분도 안 걸리는 곳이었다. 큰 일주도로를 사이에 두고 우리는 아랫마을에, 그곳은 바로 도로 위쪽에 있었다.

투명카약을 만들어 납품하는 업체였는데, 마침 개를 넘겨받아 키웠다는 사장님이 자리에 있어 우리는 이야기를 시작할 수 있었다.

우선 김신의 사진을 보여 주며 키우던 개가 맞느냐고 물었다. 그는 맞는 것 같다고 했다. 블랙탄은 다 비슷하게 생기기는 했지만 주인이라면 그 미묘한 차이를 알 텐데 맞는 것 같다고 말하는 게 못 미더웠다.

우리가 먼저 그간의 사연을 이야기해 줬다. 김신이 겨울부터 보였고, 길에서 생활하다가 우리 집 앞마당에 왔는데, 아파 보여 병원에 데려갔더니 심장사상충과 바베시아라는 병에 걸려 죽을 고비를 넘기고, 지금도 치료 중이라고 했다. 사장님은 애썼다고 고맙다고 했다.

김신은 며칠 전 만난 아저씨의 말대로 그 분의 개였는데, 개를 키울 수 있는 환경이 안 된다고 회사에서 키워 달라고 부탁하는 바람에 넘겨받은 지 얼마 안 된 상태였다고 했다. 개에게 정을 좀 붙일까 싶었는데 김신은 잘 따르지 않았다고 했다. 먼저 있던 개들과도 어울리지 못했고 그러다 보니 소외감을 좀 느낀 것 같다고 했다. 그 길로 몇 차례 집을 나가기도 했으나 곧잘 들어오기에 그냥 뒀다고 했다. 이게 그들이 말하는 김신이었다.

우리가 아는 김신은 자기에게 조금만 예쁘다고 하는 사람이 있으면 졸졸 따라오는 정 많은 개였고, 신아가 보호하자 신아를 자신의 주인인 양 충성을 다하는 진돗개 성향 그대로였다.

"이제 어떻게 하실 건가요?" 우리가 물었다.

"만약 김신을 키우신다고 하시면 지금까지 들어간 병원비를 받고 싶어요." 비싼 병원비였기에 애정이 없다면 바로 포기할 거라고 생각하고 뱉은 말이었다.

사장님이 망설이다 입을 열었다. 김신이 나간 사이 아들이 개를 키우고 싶다고 하도 조르는 통에 다른 개를 데리고 왔다고 했다. 들어올 때 본 보더콜리였다. 아들이 초등학생인가 싶었는데, 듣다 보니 대학생이었다. 그는 김신을 키울 환경까지는 안 되니 가능하다면 우리 보고 키우는 것이 어떻겠느냐고 했다.

고민할 것도 없었다. 우리는 두말할 것도 없이 알겠다고 하고 나왔다. 이곳은 김신의 집이었으나 김신의 집이 아니었고, 그곳에 김신을 두고 오는 건 다시 김신을 죽이는 일과 같았다. 우리는 혹시 몰라 나눈 대화를 녹음해 두었고, 그 길로 그곳을 빠져나왔다.

그날부터 우리는 김신의 진짜 책임자가 되었다.

양말을 볼 때마다
생각해 줘요

    김신이 우리에게 오기 전 그린블리스라는 양말을 만드는 회사로부터 제안을 하나 받았다. 호이와 호삼이를 캐릭터로 그려 양말을 만들자는 것이었다.

    B일상잡화점에서 거래를 하는 업체였는데, 호호브로가 그렇게 유명한 개들도 아니라서 '해도 될까?' 하는 생각이 먼저 들었다. 그러다가 이내 자신의 반려견 디자인이 담긴 굿즈를 가질 사람이 얼마나 될까 싶어서 수락했다. 우리는 오조리에 히끄라는 고양이가 있는데, 이 고양이가 사실 호호브로보다 더 유명하고 팔로워 수도 대략 6만 정도 되니(그때는 6만이었다. 지금은 17만이 넘었다.) 같이 하는 건 어떠냐고 역 제안을

했다. 다행히 그린블리스도 흔쾌히 수락해 우리는 즐겁게 호이와 호삼이, 히끄 캐릭터를 만들어 양말 디자인을 했다.

호이는 그린블리스 최초로 보드 양말로 만들어졌고, 히끄는 일러스트로 표현되면 다른 흰 고양이와 구별이 가지 않을 듯해서 양말 태그에 히끄의 찐빵 같은 얼굴 사진을 담았다. 이 모든 과정이 우리에게는 무척이나 즐거운 작업이었다.

양말이 나오자 호호브로와 히끄를 아껴 주는 팬들이 구입을 시작해 줬다. 우리는 디자인 비를 돈이 아닌 양말로 받기로 해서 각자의 집에 양말이 가득 도착했다. 그때 아이디어가 하나 생각났다. 모금을 하지 않았지만 김신에게 다양한 방법으로 후원을 해 주신 분들에게 이 양말을 선물하기로 한 것이다.

우리는 둘러앉아 여러 경로로 들어 온 후원금, 사료, 간 파우더 등을 보낸 분들에게 연락을 취했다. 그리고 봉투에다 하나하나 편지를 적어 그분들에게 양말을 담아서 보냈다.

편지는 김신의 이름으로 썼다.

"응원해 준 거 다 안다개. 너무 고맙다개. 덕분에 나았다개."

"소간 파우더 덕분에 힘이 번쩍 났다개. 감사하다개."

"사료 보내준 거 고맙다개, 너무 맛있게 잘 먹고 이제 하나도 아프지 않다개."

편지 옆에 우리는 김신을 예쁘게 그려서 보내 드렸다.

무언가를 돌려받으려 후원을 하지는 않았을 테지만, 그래도 우리의 작은 성의 표현에 양말을 신을 때마다 '내가 한 생명을 살리는 데 도움을 줬구나.'라는 자부심을 가졌으면 좋겠다고 생각했다.

#김신후원자 #인증샷

기어들어 와
뛰쳐나가는 집

김신은 신아네 집에서 건강하게 잘 지냈다. 신아가 꼬박꼬박 산책도 시키고, 영양이 부족해 보일 땐 보신도 시키며, 약도 같은 시간에 꼬박꼬박 먹이고 있는 덕이었다. 김신은 이제 나보다 신아를 잘 따랐고, 그간 힘이 좀 생겼는지 묶어 두는 줄도 끊어 종종 탈출을 시도하곤 했다.

하루는 슬로우트립에 모여 짜장면을 시켜 먹고 있는데 카페 유리문 너머로 김신의 엉덩이가 보였다. 대략 20미터 정도 떨어진 거리였는데 '빛나는 동근영'이라는 별명이 괜히 있는 게 아니었다. 정확하게 김신의 그것이었다. 나는 그 자리 앉아 "어? 저기 김신이다. 김신이 돌아다니는데?" 하고 외쳤다. 서점장의 자리에서는 김신이 잘 보이지 않아서 서점장은 "어디? 어디?" 하며 기웃거렸고, 신아는 집에 문이 잠겨 있어 그럴 리 없다며 김신의 탈출을 믿지 않는 눈치였다.

"아니야, 진짜 김신이야. 지금 백구 한 마리를 쫓아가고 있어."

신아는 못 미덥지만 한번 나가 본다는 마음으로 천천히 일어났다가 김신을 발견하고는 "저 놈의 새끼가 어떻게 나왔지?" 하고서 허둥지둥 김신을 잡으러 나갔다. 나와 서점장은 그 자리에 앉아 껄껄 웃었다.

기분 좋은 웃음이었다.

김신이 그만큼 건강해졌다는 반증이고, 신아가 SNS에 올릴 때 태그로 쓰는 '#기어들어와뛰쳐나가는집'이라는 멘트에 정확하게 맞는 행동이었기 때문이다.

우리는 이 장면을 카페 CCTV에서 따서 SNS에 올렸다. 사람들은 마치 자신의 일처럼 즐거워했다. 그리고 간혹 DM으로 김신을 치료해 줘서 고맙다고, 본인도 몸이 아픈데 김신이 나아 가는 과정을 보고 힘을 낸다는 사람의 사연도, 우울한 하루에 오조리 동물친구들에게 즐거움을 얻는다는 분들의 이야기도 있었다. 우리가 김신을 살리는 일이 이렇게 멀리까지 전달되어 누군가에게 희망이 된다는 사실이 너무나 신기했다. 우리도 모르는 사이에 김신은 어느새 '희망의 아이콘'이 되고 있었다.

#사랑꾼김신 #파워오브러브라개

심장사상충 주사를 맞다

　김신은 꾸준한 산책과 몸보신을 통해 살이 건강하게 올랐다. 심장사상충 주사를 맞기 위해 2주간 약을 먹여 주사 맞을 준비도 끝냈다. 그리고 드디어 심장사상충 주사를 맞는 날이 다가왔다. 이날을 위해 신아는 입마개를 씌우는 훈련을 반복했다. 김신은 병원 앞에서 들어가기 싫다고 버틸 만큼 짐승 같은 체력을 회복했다. 김신을 겨우 어르고 달래 병원에 들어가 진료대에 올리고 주사를 맞혔다. 아픈 주사였던 탓에 주삿바늘이 들어가자마자 김신은 울며 성질을 내기 시작했다.

　"다했어, 다했어, 정말 다 끝났어."

어린아이 달래듯 김신을 달랬다.

"이 주사 맞고 24시간만 견디면 이제 생존율이 70퍼센트 이상이 되는 겁니다. 김신이 잘 견뎠다면 내일 같은 시간에 오세요."

수의사 선생님이 말했다.

24시간, 이것은 바베시아 때와 같았다. 24시간만 견디면 이제 죽음에서 한걸음 더 멀어지고 생과 한걸음 더 가까워진다. 병원에 가지 않겠다고 버티는 힘으로 보아 하니 김신은 잘 견딜 것 같아 우리는 벌써부터 내일을 고민했다. 병원에 오는 걸 극도로 싫어하게 된 김신에게 입마개를 씌우고 병원에 오는 게 쉽지 않을 거라는 생각이 들었기 때문이다. 다른 방법을 찾아야 했다.

일단 오늘은 김신에게 안정된 시간이 필요했다.

"내일, 이 시간에 만나자."

김신에게 인사한 뒤 나는 신아의 집을 나왔다.

호락호락한
김신이 아니지

24시간이 지났다. 예상대로 김신은 잘 버텨 주었다. 바베시아 주사를 맞은 날보다 괜찮았고, 오히려 아무렇지 않아서 주사를 잘 맞은 건가 하는 의문이 생길 정도로 김신은 멀쩡했다.

병원에 갈 시간이 다가왔다. 김신은 다행히 입마개를 하고 있었다. 학습이 잘 되고, 임보자에 대한 충성심이 강해 입마개를 하기 싫지만 신아의 말을 들어 준 것 같았다.

김신을 싣고 차로 5분 거리에 있는 병원으로 갔다. 동물병원이 가까이에 있는 건 제주에서는 엄청나게 큰 행운이다.

이 병원은 소동물의 간단한 치료와 소나 말 같은 대동물을 진료하는 곳으로, 바베시아나 심장사상충을 치료하기에는 적합한 환경이라 다행히 김신에게는 안성맞춤인 병원이었다.

이제 마지막이었다. 오늘만 가면 당분간 바베시아나 심장사상충이라는 병으로 병원에 올 일은 없었다. 2차 주사까지 다 맞히고 나면 4~6개월 후에 심장사상충 검사를 해서 완치 여부를 결정받을 일만 남은 것이다.

우리는 비장하게 동물병원으로 들어갔다. 그러나 어제의 고통을 기억한 김신이 앞발로 입마개를 풀었다. 이런 행동에 대비해 발에 양말도 신겨 갔지만 날카로운 앞 발톱에 아무 소용이 없었다.

나와 신아는 너무 놀라서 김신을 데리고 일단 병원 밖으로 나왔다. 병원의 좁은 장소에서 스트레스를 받아 김신이 갑자기 사납게 돌변할 수도 있기 때문이다.

놀란 가슴을 쓸어내리고 넓은 밭으로 가서 다시 입마개를 채우려 시도했으나 김신은 거부했고, 그 와중에 버클 부분마저 망가져서 채울 수도 없었다. 나는 급하게 새로운 입마개를 사 오고 의사 선생님이 주는 박스 테이프를 받아 김신이 발톱으로 뺄 수 없게 입마개를 테이프로 감았다.

그러나 허사였다. 신아는 이미 겁을 먹은 상태였고, 나는 내가 한번 해 보겠다고 나섰다가 김신에게 손바닥을 물리기도 했다. 우리는 김신을 더는 흥분시키면 안 될 것 같아 집으로 돌아가기로 했다.

'왜 위험천만한 고생을 사서 하고 있지?'

이 타이밍에 이런 생각을 하면 안 되겠지만 나는 일을 이렇게나 크게 벌인 나를 원망하고 있었다.

'내 약한 마음 때문에 신아는 또 무슨 고생인가?'

왈칵 눈물이 나왔다. 우리는 우울한 마음을 안고 집으로 갔다.

가장 큰일은 2차 주사를 맞혀야 할 시간을 넘기면 그동안 노력한 것들이 헛수고가 된다는 것이었다. 여태까지 너무 잘해 왔는데 오늘 주사를 맞지 못하면 말짱 도루묵이 된다는 말에 우리는 집에 와서 다시 입마개를 시도했다. 하지만 김신은 더 강력하게 거부하기 시작했다. 상황이 급한지라 이번에는 의사 선생님이 집으로 와 주셨다. 우리는 진정제 효과가 있는 약을 먹이고 김신의 힘이 빠지기를 기다렸다. 한참 후에야 김신은 잠이 들었다. 그때를 틈타 우리는 2차 주사를 맞혔다.

긴장의 풀리자 후 하고 숨이 쏟아져 나왔다. 드디어 끝이 났다. 나는 일부러 집까지 찾아와 준 의사 선생님에게 연신 감사하다는 인사를 전했다. 신아에게는 나 때문에 너까지 힘들게 해 미안하다고 말했다.

모두에게 신세를 지면서 길고도 험했던 김신의 치료 일정은 그렇게 끝이 났다.

어떤 약속

　김신은 두 번째 심장사상충 주사도 너끈하게 이겨 냈다. 하지만 그날 이후부터 김신은 나를 별로 좋아하지 않았다. 신아가 "너를 구해 준 사람이야, 그러면 안 되지."라고 해도 김신의 마음은 변하지 않았다. 김신은 나보다는 자신과 시간을 많이 보내고 있는 신아를 더 좋아했다. 섭섭하기는 했지만 이런 일은 많은 구조자들이 겪는 일이라고 했다. 가장 약하고 아플 때 병원부터 부랴부랴 데려가느라 '구조자=내게 아픔을 주는 사람'으로 잘못 입력되는 경우가 많기 때문이다. 거기다 신아네로 거처를 옮기고 나서부터는 그곳을 자기 영역이라고 생각하는지 호삼이를 많이 경계하고 으르렁거려 김신에게 더는 다가갈 수 없었다. 하지만 괜찮았다. 김신이 믿을 곳이 있으니 저렇게나 기세등등해졌구나 싶어 웃음도 나왔다.

신아는 김신이 치료를 다 마치면 메밀밭에 같이 가자고 약속을 해 놓았단다. 드라마 「도깨비」 속 김신이 메밀밭을 가장 편안해하고 좋아한 것처럼 개 김신도 명색이 김신이니 메밀밭에 가서 사진을 찍기로 했다는 것이다. 그 약속을 지키고 나면 우리는 김신을 훈련소에 보내기로 했다.

신아는 김신이 덩치가 크고 아직 완벽한 훈련이 되지 않은 상태라 조금 더 체계적으로 훈련을 시키고 싶은 모양이었다. 그래야 입양 가서도 새로운 곳에서 적응도 잘하고 주인에게 사랑받으며 살 것이기 때문이다. 우리에게는 후원금이 남아 있었기에 나는 그러자고 동의했다.

그사이 김신은 신아와 함께 메밀밭에 다녀왔다. 드넓고 하얀 메밀밭에서 새까맣고 우직한 김신이 분홍 혀를 드러내고 예쁘게 웃고 있었다. 그래, 김신. 도깨비처럼 천년만년은 아니더라도 오래오래 살자.

거리를 떠도는 이름 없는 저 개들도 주인을 만나고 관리를 받으면 이렇게 예쁠 텐데, 행복하게 웃을 텐데…… . 김신의 싱그럽고 건강한 미소를 보자니 기쁘기도 하고 슬프기도 했다.

#불멸의아이콘 #김신

충성,
훈련병 김신입니다!

김신이 일주일 일정으로 송당에 위치한 훈련소로 떠났다. 호이가 다 녔던 바로 그곳이었다. 다른 개들과 무리를 지어 떠돌이 생활을 했고, 수컷 중에서도 싸움 '짱'이었기에 훈련소에서는 어떤 모습일지 매우 궁 금했다. 김신은 훈련소에서도 잘 지냈다. 간단한 명령어들을 익히고, 다른 개들과도 어울리고, 넓은 들판에서 원 없이 뛰어다녔다. 김신은 우리의 생각보다 훨씬 잘 적응하고 있었다.

훈련소 선생님은 김신이 너무 예쁘고 우직하다며, 산책할 때도 절대 사람을 앞서지 않고 뒤에서 잘 따라온다고 말씀해 주셨다. 다행이다. 널 알아봐 주는 사람이 하나둘 늘고 있어서.

#건치미남 #미소왕자 #매너남

김신의
집을 **찾습니다**

훈련소에서 훈련을 마친 김신은 목욕을 깨끗하게 하고서 집으로 돌아왔다. 비록 임시보호처이지만 돌아올 '집'이 있다는 사실에 김신도 기쁘지 않았을까? 오랜만에 본 김신은 그사이 더 우직해진 느낌이었다. 콜록거리며 오조리를 돌아다니던 겨울을 지나, 바베시아와 심장사상충과 함께 봄을 견뎌 내고 나니 어느덧 김신이 진짜 가족과 집을 찾아야 하는 초여름에 접어들고 있었다.

김신의 치료가 길어지면서 신아가 애초 생각했던 임보 기간은 이미 한참 넘어간 상태였다. 신아는 그때 한창 『히끄네 집』을 쓰고 있었는데, 김신을 돌보느라 원고가 많이 밀린 상태였고, 나도 디스크로 고생

하던 차여서 이제는 정말로 김신을 입양 보낼 때가 된 것 같다고 의견을 모았다.

SNS로 김신의 소식을 전했던 것처럼 입양 공고 역시 SNS에 올렸다. 대형견이라 마당이 있어야 한다는 사실을 강조하고, 심장사상충 완치까지는 병원비를 책임지겠다는 내용을 넣었다. 제주에서 입양된다면 가장 좋겠지만, 너무 많은 것을 우리 욕심대로 따질 수는 없었다. 육지여도 그곳이 김신이 살 만한 곳이라면 어디든 데려다 주겠다고 남겼다.

하지만 아무런 연락이 없었다. 이러다 김신을 외국으로 보내야 하는 건 아닐까, 김신을 이역만리에 보내고 이대로 영영 보지 못하는 건 아닐까 싶어 우리는 무척 초조해졌다. 마당이 있는 집을 바란 건 사치였을까? 우리에게는 사랑스럽게만 보이는 김신이 남의 눈에는 여전히 무섭게 느껴지는 것일까? 생명을 거둔다는 것이 쉽지 않은 선택이라는 것을 알면서도 우리의 마음은 까맣게 타들어 갔다.

우리 마음이 잿더미로 주저앉으려 할 때쯤 드디어 연락 한 통이 왔다.

두 개의 후보지
선택은 하나

김신을 입양하겠다고 연락 온 곳은 육지였다. 김신의 지난 이야기들을 SNS상으로 모두 지켜봤기 때문에 누구보다 김신을 잘 키울 수 있다고 했다. 다만 마당 있는 집을 사서 리모델링 중이라 7월까지 임시보호를 해 줄 수 있다면 그때 직접 데리고 가겠다고 했다.

후보지가 많았다면 더 좋은 환경을 찾아서 결정했겠지만 현재로서는 후보지가 딸랑 하나뿐인 상황이었다. 하지만 마당이 있는 집이고, 젊은 부부가 키운다고 하니 김신에게는 더 없이 좋은 조건이라는 생각이 들었다. 더 고민할 것도 없었다.

그때 한 통의 연락이 왔다. 김신을 훈련시켰던 훈련소 선생님이었다.

"혹시 김신 입양됐나요?"

방금 입양이 결정되었다는 소식을 전하자 선생님은 무척 아쉬워했다. 이유인즉슨 선생님이 김신이 너무 눈에 밟힌 나머지 아버지께 김신을 키우시는 건 어떻겠냐고 설득했고, 막 김신을 입양하기로 결정한 차였기 때문이었다.

김신을 누구보다 잘 아는 분의 제안이었다. 김신은 주인을 앞서 걷지 않는 신사라서 큰 덩치와는 다르게 나이 드신 분이나 여성, 어린이도 산책 가능한 개라고 말해 주신 분도 선생님이었다. 하지만 먼저 입양 문의를 주신 분으로 최종 결정을 내린 상황이었다. 일단 전화를 끊고 이 사실을 신아에게 알렸다.

신아는 김신이 아무리 말을 잘 듣는다지만 그래도 어르신 댁보다는 젊은 부부가 있는 집으로 가는 게 더 좋지 않겠냐고 말했다. 그곳이 제주라면 나 역시 그런 선택을 했을 것이다. 하지만 김신이 가려고 하는 곳은 육지였다. 얼마 전 치료할 때 김신이 입마개를 풀고 입질을 하는 걸 경험한 후라 케이지에 넣고, 이동시키고, 낯선 곳에 두는 것이 아직 완전하게 건강을 찾지 않은 김신에게 무리가 가는 것은 아닐까 염려되었다.

후보지가 하나일 때라면 모든 걸 감수하겠지만, 후보지가 두 개가 되고 보니 김신에게 더 나은 환경이 어딘지 생각할 수밖에 없었다. 나는 선생님 댁을 고집했다. 같은 제주도라 입마개를 하지 않고, 케이지에 넣지 않고 이동할 수 있다는 걸 강조했다. 김신을 예뻐해 준 선생님의 부모님 댁인데 신경을 잘 써 주지 않을까 하는 마음도 없지 않았다.

신아는 결국 내 의견에 동의했다. 그리고 육지 입양처 또한 고맙게도 김신을 위한 일이라면 이동을 최소화하는 게 맞다고 판단을 해 주셨다. 다시 선생님께 전화를 걸었다.

"선생님, 선생님 댁으로 김신 보낼게요."

선생님은 엄청 기뻐하셨다.

'신아, 김신. 너의 존재에 이렇게 기뻐하는 사람들이 있다. 행복하지? 힘든 시간은 이제 끝난 것 같아. 이제 '개꿈' 길만 걷자, 김신!'

오조리 전사들

드디어 김신의 입양 가는 날이 다가왔다. 훈련소 선생님은 부모님을 모시고 김신의 임시보호처인 신아네 집으로 오셨다. 어르신들은 김신을 보더니 생각보다 크다고 하시며 마음에 들어 하셨다.

우리는 테이블에 앉아 김신에 대한 이야기들을 나눴다. 그리고 함께 산책을 하자며 오조포구로 나갔다. 김신은 산책을 가는 줄 알고 신이 나서 따라나섰다. 그 길이 오조리에서 하는 마지막 산책인 것도 모른 채 기분이 무척 좋아 보였다.

마지막 산책에는 나와 서점장, 신아 세 사람에 선생님 그리고 이제 진짜 김신의 주인이 될 선생님의 부모님까지 함께했다. 김신은 여섯 명의 사람늘 틈에서도 신아의 뒤만 졸졸 따라 걸어 보는 이의 마음을 찡하게 만들었다.

늘 걷던 산책로에서 우리는 마지막 사진을 찍었다. 그동안 '#김신이야기'나 '#김신임보중'이라는 태그로 올린 사연을 통해 우리는 '오조리 어벤져스'나 '오조리 천사들'이라는 과분한 말을 들었다. 어쩌다 보니 시작한 일이라 그 말이 부담스럽게 들려 우리는 오조리 천사가 아니라 '오조리 전사'라는 말을 농담 삼아 했었다. 그런데 그 순간만큼은 정말로 우리가 어벤져스가 된 것도 같았고, 천사도 된 것 같았고, 전사도 된 것 같았다.

김신과 나란히 서서 마지막으로 사진을 찍었다. 지난하고 힘들었던 겨울과 봄이 가고, 초여름의 길목에서 이렇게 좋은 일이 생겼다. 김신이 갈 집에는 똘이라는 백구가 산다고 했다. 암캐를 따라 집을 나온 녀석이니 암컷인 똘이랑도 잘 지낼 것 같았다.

마을을 한 바퀴 다 돌고 집에 왔다. 선생님 부모님께 인사를 하고 김신을 차에 태워 보내려는데, 녀석이 겁을 조금 집어먹는 눈치였다. 그래도 선생님이 있으니 안심하고 태웠다. 김신이 쓰던 용품들을 박스에 넣어 차에 실었다. 몸줄, 오리 입마개, 사료와 각종 파우더와 간식들이 담겼다. 빈 몸으로 들어온 녀석이 이렇게 많은 사랑을 받았구나 싶어 괜스레 코끝이 찡했다. 더 있으면 올 것 같아서 어서 가시라고 하고는 우리는 뒤를 돌았다.

  그 후에 들은 소식에 의하면, 김신은 차에서 너무 불안해해서 송당 훈련소에서 하룻밤 자고 다음 날 부모님의 집으로 갔다고 한다. 그리고 겁을 먹은 시간이 무색하게 백구 똘이를 무척 맘에 들어 한 나머지 적응이랄 것도 없이 그곳을 거처로 삼았다는 소식도.

#오조리어벤져스　#오조리전사들

김신의 보은

    김신은 새로운 집에서 극진한 보살핌을 받으며 지내고 있다고 했다. 자, 이제 우리는 무엇을 해야 할까? 우리에게는 김신과 관련된 일들이 남아 있었다. 마침 일전에 호이, 호삼이, 히끄의 양말을 만들었던 그린 블리스에서 김신의 손수건을 만들어 보자는 제안이 왔던 터였다.

    김신이 치료 중이고 입양처가 정해지지 않은 불안정한 상태에서는 만들기가 어려워서 우리는 김신이 건강을 회복하고 입양처가 정해지면 입양처에 양해를 구하고 손수건을 만들어 보기로 했었다. 그간 김신을 좋아해 주셨던 분들에 대한 감사 인사 겸 해서 손수건 판매를 통한 수익은 유기견들을 위해 쓸 수 있게 제작비를 제외한 전액을 후원하기로 했다.

김신의 입양처에서는 김신의 손수건을 만들어도 좋다고 흔쾌히 허락했다. 김신의 굿즈를 통해 후원을 하고 싶어 하시는 분들 또한 많아서 일은 순조롭게 진행되었다. 디자인을 전공한 서점장이 김신의 손수건 디자인을 맡았다. 검은 얼굴에 갈색 칸쵸 두 개가 박혀 있는 네눈박이 캐릭터에 밀짚모자를 씌운 디자인이었다. 그리고 손수건 위쪽으로는 하트 모양을 넣었는데, 하트의 색깔은 두 가지 컬러다. 하나는 심장사상충을 이겨 냈다는 의미고, 다른 하나는 바베시아를 이겨 냈다는 의미였다. 수건의 테두리는 노란색을 둘렀는데, 그것은 임시보호자였던 신아가 좋아하는 색으로 정했다.

신아의 아이디어로 구입해 주시는 분들에게 직접 제작한 스티커도 넣기로 했다. 스티커에는 김신 얼굴에 땡큐라는 메시지를 적고, 예쁜 나비넥타이를 매 줬다. 박스를 조심히 다뤄 달라는 메시지를 담은 박스 스티커에는 김신에게 택배 모자를 씌웠다. 만들면서도 재밌고, 받는 사람도 즐겁게 하는 작업이었다.

드디어 그린블리스에서 수건이 나왔다. 신기하게도 손수건은 총 1004장이 팔렸다. 그렇게 리플로도 천사라는 소리를 들어서 전사라고 바꾸었는데, 숫자까지 1004가 나오니 기분이 묘했다.

우리는 모여서 김신 손수건을 같이 포장하고 택배를 보냈다. 그렇게

판매한 김신 손수건의 수익금은 놀랍게도 300만 원이 넘었다. 거기에 김신 치료비로 쓰라며 보내 주신 금액을 더하니 400만 원이 넘는 돈이 모였다. 이 돈을 어떻게 쓸까? 육지에 있는 동물보호단체에 보낼까? 머리를 맞대고 고민했다. 그때 신아가 제주에 동물보호단체가 있는지 찾아보겠다고 했다. 당시까지만 해도 제주도에 보호소는 있는지는 알았지만 동물 단체가 있는지는 몰랐다. 그런데 마침 제주에 '제주동물친구들'이라는 단체가 있었다.

우리는 그 길로 제주동물친구들 봉사자들을 만났다. 환경이 열악해 사무실도 따로 없이 마음 맞는 개인들이 모여서 봉사하는 단체였다. 하지만 제주 동물보호에 있어서는 다들 열성적이라 제주에서 일어난 학대 사건이 있으면 SNS를 통해 알리고, 유기견을 임시 보호하면서 꾸준히 단체를 운영하고 있었다.

우리는 그간의 김신의 이야기를 전하며 돈이 모인 연유에 대해 말씀 드렸고, 제주동물친구들이 잘 써 주길 바란다며 김신의 이름으로 기부 했다. 제주동물친구들 측에서는 개인이 한 번에 기부한 일로는 가장 큰 금액이라고 했다. 우리는 언제든 도움이 필요하면 연락을 부탁한다고 말씀드렸다. 우리는 기부금을 전달한 이야기를 SNS에 알렸고, 그 글을 본 팔로워들이 너도나도 제주동물친구들에 후원을 했다는 소식이 전 해져 왔다.

　밥을 주는 작은 행동으로 시작한 일이 이렇게 걷잡을 수 없는 큰일이 되었다. 우리는 김신 하나의 생명에 집중했지만 결과적으론 다른 동물 친구들에게 도움을 줄 수 있게 되었다.

　마치 김신이 '그동안 날 보살펴 줘서 고마웠다개.' 하며 보은을 하는 것만 같았다.

새 생명의 탄생

　김신에 대한 소식은 여기서 끝이 아니다. 신이가 입양 간 하귀리에서 놀라운 소식이 전해져 왔다. 김신과 똘이가 합방을 해 글쎄 새끼를 가졌다는 소식이었다. 입양을 보낼 때 중성화를 해서 보내려고 했는데 입양처에서 원치 않아서 그냥 보낸 터였다. 하지만 이렇게 빨리 새끼를 가졌다는 소식을 듣게 될 줄 몰랐다. 김신 자식, 아니, 김신 아버님. 살아 있네, 살아 있어.

　김신이 예비 아빠가 되었다는 소식을 SNS로 전하자 많은 축하가 이어졌다. 죽음의 고비에서 돌아와 이제 새로운 생명을 만들어 낸 김신의 이야기에 하나같이 감격스러워했다. 얼마 후에는 새끼들의 탄생 소식도 전해져 왔다. 누가 봐도 김신을 꼭 닮은 블랙탄, 정말 영락없는 김신 주니어였다.

그 후로 김신을 보았느냐고?

김신이 새로운 집에 적응할 때쯤 한번 가서 보자 마음먹었는데, 새끼들이 태어나면 한번 보러 가자 했었는데, 우리는 이런저런 일로 아직까지 김신을 보러 가지 못했다.

#죽음에서생으로 **#다시새생명으로**

김신은 우리를 기억하고 있을까? 충성심이 남다른 진돗개였으니 어떤 방식으로든 우리를 기억하고 있지 않을까? 김신의 소식이 궁금하다가도 김신이 사는 곳은 우리가 사는 동쪽에서는 꽤 먼 서쪽이고 어르신들만 계신 곳이니 찾아뵙는 게 쉽지 않아 늘 마음 한쪽에 그리움으로 남아 있다.

김신의 소식은 훈련소 선생님을 통해서 종종 듣는다. 김신의 새 주인은 김신에게 푹 빠진 나머지 아침, 저녁 산책은 물론이고 밭일을 갈 때도 김신을 데리고 다니며 애지중지 키운다고 하셨다. 김신은 진돗개답게 새 주인을 잘 따르고 있는 모양이었다.

길에는 안쓰러운 개들이 많다. 호삼이를 거두기는 했지만 내가 모든 개들을 키우고 거둘 수 있는 것은 아니니까 매번 눈을 질끈 감았다. 나는 마음이 약한 사람이고 할 수 있는 일은 많이 없으니 마음 아픈 일은 만들지 않는 것이 옳다고 생각했다. 하지만 김신 이후로 생각이 바뀌었다. 가능하다면 내가 할 수 있는 선에서 도움을 주고자 노력한다. 김신을 통해서 개를 키우는 방식이 아니어도, 혼자만의 힘이 아니어도, 다양한 방법으로 생명을 살릴 수 있다는 걸 깨닫게 되었으니까.

김신은 나에게, 그리고 그간 SNS로 지켜본 많은 이들에게 행동하는 선의를 알려준 고맙디고마운 '죽다 살아난 개'다.

개를 키우고 싶으신가요?

하루에 두 번 산책을 갑니다. 그때 제 두 손에는 호호브로를 리드하는 줄이 쥐어져 있습니다. 핸드폰은 주머니 속에 넣어 둡니다. 두 녀석의 귀여운 순간이 많아 카메라를 꺼내 들 때도 많지만, 그때가 잠들기 전까지 들여다보게 되는 핸드폰과 멀어지는 유일한 순간이기도 합니다.

저는 이 시간을 좋아합니다. 제주에 오기 전, 서울에 살 때는 걷는 건 목적지에서 목적지로 이동하거나 쇼핑을 할 때 뿐이었어요. 제주에 와서 산 지 벌써 7년이 되어 갑니다. 앉아서 일하던 직장인이 이곳에서는 몸을 쓰는 청소가 주업인 게스트하우스 주인이 되었습니다. 그 시간들을 버티게 해 준 건 호호브로와 함께한 산책 덕분이었다는 생각을 종종 합니다.

개를 키우는 것은 마냥 좋은 일만은 아닙니다. 다리에 보이지 않는 끈이라도 묶인 듯 멀리 가지 못하고, 외출을 한다 해도 집에서 기다리고 있을 개들 걱정과 돌아가 산책시키고 밥을 줘야 한다는 책임감에 자유롭지 못합니다.

여행을 한 번 가는 것도 쉽지 않고, 개를 강아지 시절부터 기른다면 집 안 가구도 남아나지 않습니다. 개가 나이가 들면 아픈 곳도 많아져 병수발도 들어야 하고, 병원비는 사람 병원비보다 더 나올 때도 많습니다. 개가 있으면 집에서 냄새도 나고, 청소도 몇 배로 많이, 오래, 자주 해야 합니다.

비가 오면 산책을 하지 못해서 걱정, 너무 더우면 개들 발바닥이 뜨거울까 걱정, 눈이 오면 발이 시릴까 걱정, 어쩌다 날이 좋으면 산책로에 사람들이 너무 많을까 걱정합니다.

개가 산책 중에 영역 표시라도 하려고 하면 불같이 화내는 시골 할머니들, 개를 왜 데리고 다니느냐며 역정 내는 사람에, 개를 데리고 자기네 집 앞을 지나가지 말라고 협박하는 이들까지.

개를 키우는 일은 참 복잡다단하고 공사가 다망한 일상을 만들어 냅니다. 그럼에도 불구하고 개를 키우는 게 좋은 거 보면 참 이상하지요? 저는 개가 없는 일상은 상상이 가지 않고, 개가 없는 인생은 생각해 본 적도 없습니다. 저에게 개란, 어쩌면 공기와 같이 당연한 존재 같습니다.

아이를 키우는 데는 온 마을이 필요하다는 말이 있습니다. 개를 키우는 건 온 마을까지는 아니더라도 주변의 도움을 받아야 할 순간이 많습니다. 저는 운 좋게도 그런 친구들이 곁에 있어서 개치고는 예사롭지 않은 호이를 잘 키우고 있습니다. 호삼이 또한 그렇고요. 김신도 병을 물리치고 좋은 곳으로 입양 갔고요.

개와 함께 살고 계신가요? 아니면 개를 키우고 싶으신가요? 그들은 분명 당신에게 절대적인 사랑을 보여 줄 겁니다. 당신은 그 개에게 무엇을 해 줄 수 있나요? 그 대답에 준비가 되었다면 당신은 분명 개들과 멋진 일상을 지낼 수 있을 것입니다.

호호브로 탐라생활

1판 1쇄 찍음 2019년 3월 25일
1판 1쇄 펴냄 2019년 4월 1일

지은이 | 한민경
발행인 | 박근섭
책임편집 | 장미
펴낸곳 | 판미동

출판등록 | 2009. 10. 8 (제2009-000273호)
주소 | 06027 서울 강남구 도산대로 1길 62 강남출판문화센터 5층
전화 | 영업부 515-2000 **편집부** 3446-8774 **팩시밀리** 515-2007
홈페이지 | www.panmidong.com

도서 파본 등의 이유로 반송이 필요할 경우에는 구매처에서 교환하시고
출판사 교환이 필요할 경우에는 아래 주소로 반송 사유를 적어 도서와 함께 보내주세요.
06027 서울 강남구 도산대로 1길 62 강남출판문화센터 6층 민음인 마케팅부

© 한민경, 2019. Printed in Seoul, Korea
ISBN 979-11-5888-508-3 03810

판미동은 민음사 출판 그룹의 브랜드입니다.